U0068282

洛城作家文集

北美洛杉磯華文作家協會　編

致謝

　謹藉本書向所有關心本會、
支持本會的社會人士與會員、
理監事、顧問們致衷心感謝！

會　長　古　冬
副會長　何念丹、艾　玉

作協二十周年紀念文集《文情心語》新書發表會，嘉賓、文友合照

前排左起：蒙市劉達強市長、朱凱湘、蓬丹、鄭惠芝、古冬會長、經文處龔中誠處長、
　　　　　文教中心梁柏堅副主任、馬黃思明
後排左起：楊強、周玉華、周愚、何念丹、董國仁

本會歡迎世界日報副刊吳婉茹主編、海外女作家協會吳玲瑤會長蒞臨，舉辦座談會

前排左起：楊秀濱、莊維敏、蓬丹、周愚、吳婉茹主編、吳玲瑤會長、古冬會長、艾
　　　　　玉、周玉華、張棠、楊靜
後排左起：文馨、小郎、譚少芬、文友、湘娃、顏顯、陳文輝、毓超、華之鷹、朱凱
　　　　　湘、董國仁、張明玉、岑霞、五位文友

本會與拉斯維加斯作協合辦文藝座談會

前排左起：賭城作協前會長弓、張德匡、周愚、賭城作協前會長潘天良
中排左起：兩位賭城作協文友、陳新洋、張明玉、尹浩鏐會長夫婦、古冬會長夫婦、
　　　　　文驪、游芳憫
後排左起：小郎、三位賭城作協文友、艾玉、華之鷹、朱凱湘、谷蘭溪夢、楊強夫
　　　　　婦、何念丹夫婦與女兒

本會理事營志宏律師新書發表會，與嘉賓、文友合照

前排左起：岑霞、文馨、遊芳憫、兩位嘉賓、營志宏、嘉賓、古冬會長、楊靜、古冬
　　　　　會長夫人、嘉賓、艾玉、毓超
後排左起：周愚、何念丹、張炯烈、顏顥、嘉賓、蓬丹、嘉賓、谷蘭溪夢、嘉賓、周
　　　　　玉華、八位嘉賓、李涵、小郎、華之鷹、朱凱湘

與您同行

◆現任會長　古冬

　　記得在《文情心語》的序文中說過，當該文集上架時，就是我準備卸任的時候。沒有想到，為《洛城作家文集》寫序的，仍然是我。因為大多數選票還是投給我。感謝您！有您同行，讓我們愉快地渡過了團結、友好、合作的兩年又兩年！感謝您！有您的耕耘，才有如此穰穰的卷帙！

　　出版《洛城作家文集》是我任內最後一項重任，初期的統籌與編輯工作義不容辭由我來安排。理出個雛形後，經過編輯小組審核，就直接送至秀威出版社編輯出版。秀威是一家有水準、有信譽的公司，由她出版，既可省錢省力，又能確保出版物的質素。至於原先選出來的十多位編委，由於人數過多，很難執行具體編務，現在既有秀威，就把擔子卸給她了。

　　一為恪守不談政治、宗教、種族與不作商業宣傳的原則，二因受到篇幅、製作成本和出版合約的限制，個別文友的作品須作刪減或更換，內頁的個人照片也一律取消，請大家體諒。

　　我們何其幸運！五十多位來自中、港、台的作家，聚首洛城，五十多篇不同風格的文章，匯集成冊。好比五十多位不同菜系的大廚，炮製出五十多盤不同風味的佳餚，或五十多家不同地域的酒莊，斟滿五十多杯不同品牌的美酒，當中必定有您喜歡

的。然而，佳餚一掃而光，美酒一飲而盡，唯有我們的文章，可供您慢品細味，再三咀嚼。請享用吧，朋友！

特別選出兩篇新會員的作品打頭陣，期讓讀友們耳目一新。近兩年有好幾位極具才華、既能寫能編、又熱心公益的生力軍加盟我們的團隊，謹此表示熱烈歡迎！

不幸，我們敬愛的副秘書長、愛會如家的顏顯老師，和楊秀濱、牛嫂兩位會員，先後乘鶴歸去！這是作協無可彌補的損失，文友們將永遠懷念他們。

事以人為本。趁此機會，衷心向一路陪伴著我們的會友獻上謝忱和祝福！一位是顧問游芳憫教授，一位是艾玉副會長的夫婿阿諾（Arnold Werdin）先生，以及楊強理事的夫人 Alice 女士。作協每次辦活動，他們總是最熱心的支持者，三位的無私奉獻，令我們深深感受到大家庭的溫馨！

再次感謝您——敬愛的導師、會員朋友、理監事和顧問們，讓我們享有一段同舟共渡的美好時光！

　　　　　　　　　　　　　二〇一〇年九月於洛杉磯

目次

漫談

足印

小說

詩篇

論述

人物

編輯花絮

抒感

抒感 抒感

那一夜，我路過上海

◆王曉蘭

　　那一夜，我路過上海。絢麗的夜色和那繁囂的天空線，原本該是我車窗外一幅美麗的風景。

　　說是路過上海搭飛機，辦公室幫我訂了個旅店就在浦東機場附近，又給我兩個電話，萬一真有需要可以得到很好的幫助。那天，在往機場的路上，想到下次不知何年何月才會再走過這片河山。於是，我撥了個電話。

　　他，是我當年在當助教的同事。上次見到他還在波士頓的學校，沒想到一晃就是多年過去。聽到我的電話，他真是驚奇……SL，是妳啊！真是好久不見。告訴他我想在城裡看看，不想住機場那邊，請他另幫我訂個酒店。如果可能還想見見二位老朋友。他這大人物百忙中熱心的幫我安排起這些「小事」。

　　那天，我離開揚州時，地上剛下過一場雪。霧中的清晨，是我對故鄉最後的一瞥印象。沿路到蘇州是一片廣大的平原，終於瞭解父親說過小時候在江南沒見過山是什麼樣子的心情。白茫茫的霧中，田園、路邊枯枝參天的水杉，是我最愛的風景。像一幅幅染開了的水墨，氳到車窗前。

　　來到蘇州，見到美麗賢慧的大伯媽、二姊、姊夫和一起陪著我從揚州到蘇州的妹妹及哥哥侄兒們。他們是我一生期待很久，才見到的親人。他們的關懷和熱情叫我感激難忘。

　　中飯時，接到另一位十多年不見老同學的電話。他收到我同事留言。聽他的聲音好像來自遙遠的天邊。對他而言，可能我也像是來自外太空一般，不可思議。

　　「SL，是妳啊？」「嗯！」聽到他的聲音，真是一份意想不到的驚喜。

　　吃過中飯，家人送我進上海的 Howard Johnson 酒店。我們真是外地人進上海，東南西北搞不清。花了很大功夫，才找到這招牌藏在路橋後樹林間的美國連鎖酒店。

　　同學要來接我去吃飯，問我住在浦東或浦西？我竟不知道。把電話交給服務員。同學說妳住浦西，我這過去大概一個小時⋯⋯。

　　這是我這麼多年出外旅行最沒有準備的一次。這次，本來就不是來旅行的，情有可原。對上海的印象，是過去課本雜誌和幾年前路過的片段記憶。

　　晚上，幾位朋友一起去吃飯。跨過幾個光年，穿過幾條銀河，歷盡人生滄桑後偶然又相逢。那似曾相識又不真實的感覺，真有些funny。歲月，也有溫柔的一面，讓我們只記起從前和今天。說起話好像還似一如往昔呢！一樣親切，一樣真摯，只是多一份穩重和成熟。

　　說是我不好，怎麼這麼久才來看他們一次。還「仁慈」的說我還是老樣子，下次要來久些。飯桌上大家聊家常、老朋友、projects⋯⋯。我雖然好累，累得像我家後院大樹上的貓頭鷹，睜著眼直想打瞌睡。可是，真是開心。那心情，像米勒的《拾穗》一樣。

　　走過歲月波波浪浪，回首人生的禾場，我們卻是遺漏了許多珍貴的親情和友情。

　　上海的夜，明亮得以為是哈得遜河邊的曼哈頓。

那夜，我們去逛了新天地。那是一個很有古意的都市重建案（Urban Re-development Project）。喜愛它門票上寫的「昨天明天相會在今天，百年石庫一片新天地。」保留著二〇年代傳統石庫門建築的本樣。室內保存甚好，且有設計師設計圖示。這是一份努力，努力留住那老上海的風情，在這新建築林立的城市中。我想起走過的幾個都會重建案，像LA的南巴薩地那都保留份歷史的特色。在那吃頓飯，喝杯茶，逛逛挺不錯。

之後，來到浦西的黃浦江邊。對岸的燈火，明亮絢麗得像似天上銀河裡撒下了的一把星星。霓虹燈把黃浦江染得像個七彩的戲台。往來的船隻，是台上的戲子，穿梭在其間。

我們站在一棟古老的陽台上，述說著這天空線上來自世界各國建築師的作品。以前在雜誌上見過，能親自看到真也高興。很難想像千年前這曾是一個小小的漁村。

幾番滄桑後，現在是個二千萬人的大城市。

上海的冬天，風中寒氣逼人。但在臨江的陽台上，被時間遺忘的感覺真好。沉默，是歲月教會我們的功課。沉寂中，我擁有這一片江邊的夜晚。

綿延一里的上海灘（The Bund）就在眼前，心中湧起幾許澎湃感傷。依稀，我仍見到在這近二百年歷史曾經翻滾中，揚起的塵煙。和答答馬蹄鞭下，寫過的悲傷。他和她被扭曲過的臉孔，像一株株林立在灘邊第四度空間的石雕。

身後Bar中的喧譁，使我想起徐志摩的陸小曼，和歌舞笙起的另一面上海。

朋友說喝杯紅酒？我只要了杯熱巧克力。今夜，我想清醒著來讀這個上海的夜。

　　想起父親當年，從上海搭船去台灣的心情，晚年卻仍回到這片土地上來寫完他那篇山河戀的故事。想起伯媽說大伯父買好了去英國留學的船票，上船前一天解放了。

　　握著一張廢棄的船票和一場未盡的英國留學夢，終盡一生。及千千萬萬個他和她走過這裡的故事。

　　我極目四望這一片天空，畢竟這也是我的故鄉。但是，卻是如此遙遠又陌生。曾經我地理念得特別好，還記得讀過的這片山水和歷史。我想起遠方的天山，蒙古的草原，江南小河如織的老家，和父親說過的昆明和四川……。

　　我問同學：「你喜歡這裡嗎？」他說：「是的。」很為他高興。他，一直是位熱血澎湃的理想主義者。

　　上海城隍廟有著上千年的歷史。曾經，是個繁華的商圈，建築多為木造為主。日本人佔領後破壞殘存只剩少許。近幾十年重新整修過。其規模繁華還是比不上當年。

　　燈節剛過，燈火仍是亮麗。只是天寒遊客不多。我見到街邊的糖葫蘆，開心得直照像，照得店家都納悶。那，是我小時候一個美麗的回憶。因為好奇，我還是走進一般人吃的著名小籠包店嚐嚐。

　　我喜歡酒店的斜頂落地窗。我開起所有的窗簾。看窗外細雨，在上海的天空中茫然的飄著。看那雨點打在玻璃上，聚集成渠，沉沉的流了下來。我睡在一片雨中。一場，下了千年的雨中。

　　想起古人的「青山依舊在，幾度夕陽紅」。

　　我，將祝福留在這片土地上。

王曉蘭　淡江大學畢業，曾任東海大學建築系助教，出國後進修於匹茲堡大學IS研究所。曾服務 Fort Bend 縣政府，從事建築逾二十年。喜好建築旅行攝影繪畫寫作音樂，舉辦過兩次繪畫個展。

又是他

◆凌詠

他溫文，他儒雅，他是極富愛心的異國才子。

他幽默，他獨特，他是我終身相倚的另一伴。

三十二年前的盛暑，我負笈來美求學，飛至刮著聖他安那強風的聖地牙哥。開學的第一個星期裡，學生們都匆忙地穿梭於各個課室間，以決定本學期該選的課。在某堂課結束後，我隨眾進入電梯，一位背貼著牆、淡髮棕眼白皮膚的男士正瞧著我，對我說：「嗨！」我立即告訴自己這是美國人一般打招呼的方式，不足為奇，便強作鎮定地回了一聲「嗨！」沒想到從電梯出來後，他尾隨於我連珠炮式地提了許多問題，試圖打開我的話匣。我內心暗忖：「中國男士上億之多，這是怎麼回事啊？」雖有點不知所措，也只好任他跟著我，勉強地用我那不太靈光的英語回覆他。如是的開章，開展了我與他一路攜手，從顛簸磨合的時期，邁進到現在的相愛相惜，而今可寫出三十年的婚姻故事。

他天真浪漫。我們在下課後，他愛領著我去山邊觀賞夕陽西下。記得我在驚嘆於雲彩的絢爛之美時，問道該用那個英文字來形容天邊的紫紅彩裙？啊！原來Magenta就是那種奪目異常的紅色。在他第一次帶我去杭庭頓圖書館之前，他說那是他家的後院。當我們在公園裡散步，除了指出各類花樹的名字外，他會特

別點出生命的訣竅與大自然的美妙：瞧那樹枝頭上正注視著我們的一隻藍鳥、那將要出頭的一棵嫩芽、還有那樹葉上滿是晶瑩透澈的露珠。在棕櫚泉的一個夜晚，我們遙望天際，除了從他那兒學到不少星座名稱及其特性外，我第一次體驗到甚麼是繁星之美和宇宙的寧靜安詳。受了他的感染，我開始懂得去靜觀大自然的一景一物，覺察到其中的奧秘也領受到它的愛與恆久。自是，每遇低沉疲憊時，我會置身於大自然中，尋回失去的力量。

他愛好音樂與藝術。跟著他，我出入了不少音樂廳與博物館，也看了許多電影佳作，認識到 Animation 為何物。在這些經驗的洗禮後，最真貴的收穫是自我發掘和對藝術的領悟。我發現到自己對歌曲有極高的敏感性，往往一首曲子始過耳際，我就被感動地雙眼濕漉。音樂有提昇精神面的無比功能，而它的潛藏力更能發揮至上的功效。在北一女讀書的三年裡，中午便當時分，那貫耳的古典樂曲竟然存留在我的血液裡，二十餘年後發酵為讓我衝破陰霾的動力。而藝術是洗滌心靈不可或缺的工具，一幅好畫、一首耐人尋味的詩、一部繞樑三日的音樂片，在讀過看過後都教人感到清新不已，讓人倍增生命力。

他愛旅遊，愛探險，也愛織夢。初識不久，他就對我說他要三十而立。難道他也讀過孔夫子的《論語》嗎？不！他是夢想在三十歲時經濟獨立，然後帶我周遊列國，環遊世界。雖然此夢延遲了三十多年還沒有完全實現，我們倒也玩得很兇很樂。我們不但在美國悠遊了不少山川名勝，也遠征了歐亞兩陸，因此大女兒小誼在我們結婚七年後方到人間。她像極了我，但佔著混血兒的優勢：青出於藍，勝於藍。去年她甫從柏克萊大學畢業，與室友相約，自定計劃，自掏腰包，飛往歐洲旅遊。行程結束後，與我們在法蘭克福機場碰頭，隨後同去一小鎮參加一個德國婚禮。屆

指一算，怪怪！小小年紀，她已去過了十六個國家。她可是得了爸爸的真傳，「他」的夢像是在女兒身上實現了！

　　他支持，他博識。我們於北加州卡媚爾渡密月之後，他就時常鼓勵我去做我喜歡做的事，諸如學琴、習畫、練舞等等。我則以拿學位、取職照為首務，成家立業為正途，沒聽他的胡謅，毅然挑起了賢妻良母的大任。我在結婚後的前十五年內為了他、為了兒女，平均每兩年搬一次家，協助他工作升遷，也譜了現代版的「孟母三遷」。直到兒女上大學後，我方始於下班後可為自己做一些自己想做的事。我曾發志退休後要讀盡中國的經典古籍，因他的關係我提前十五年開始實踐職志。話說數年前，有一次送孩兒返校後，從柏克萊回家的途中，他在車上的CD盤裡播放一張Dr. Wayne W. Dyer親口錄製的《*Change your thoughts, Change your life: Living the Wisdom of the Tao*》。我用心聽後，發現Dr. Dyer講述的是《道德經》。我迫不及待地向他要求把八片碟子留在我的車上，接著數星期我就把這一冊《道德經》全部聽完。

　　他細膩，他體貼。去年初，為了寫稿，我開始自學中文打字。眼看我小心翼翼地試圖將自製的注音符號一個個地貼於英文字鍵上，不出多日，他遞給我一張注滿ㄅㄆㄇㄈ……的貼紙，省去了我剪黏的麻煩。去年底，為了讓我的主編工作能進行得順遂，他買了一座寬銀幕、高速度的電腦作為我的聖誕禮物。果真在編輯工作的最後關頭，幫助我打了一場勝仗。此座電腦容許我與版面設計師在連線的同一螢幕上溝通順暢，讓我馳騁疆場，指揮自如。

　　唉！少了他，我的日子哪能變得如此亮麗！

凌莉玫　筆名凌詠。任職於範度拉縣政府社會福利局財政處，擁有美國會計師執照。愛好文藝、音樂、舞蹈、登山及旅遊。為二〇一〇南加州台大校友會年刊主編。

難以忘懷的首位外國朋友

◆王育梅

在我的名片簿中，有張看起來髒兮兮的名片，沒有頭銜、沒有公司行號名稱。白底黑字，印著「James C. Ferrigan」及住址與電話。

「James C. Ferrigan」，雖已是久遠久遠的朋友，而且早已失去音訊，但我總是保留著他的名片，捨不得揉搓丟棄。

翻讀破舊不堪的一本筆記本，裡面記載1982年我在紐約、多明尼加流浪時的心情。第四頁是寫給James的一封信：

親愛的Ferrigan先生：

我不會忘記，你滿頭大汗陪我在多明尼加等候補票的時刻。你在我徬徨無依時，伸出仁慈、友善之手，讓我免除在機場的尷尬。我想當時你一定奇怪，為何我滿臉蒼白、充滿焦慮。

你曾問我，但我如何告訴你，是一位欠我不少錢的朋友，買的機票是候補票，不但未事先告知，事後也不聞不問。我無法啟口說這樣痛心的故事。

當時你見到我時，那已是連續第四天到機場等待。在那個以西班牙語為母語、又混亂不堪的多明尼加機場，我是度秒如年，充滿「無奈」與「無依」。

　　就在等待是否可以離開那個噩夢連連的多明尼加時，也不時四處搜尋可有熟悉的華人朋友出現。當我看到你擠眉弄眼對我微笑，你知道嗎，你那一個微笑讓我彷彿得著了生命。

　　我不知你是用什麼方法，讓劃位小姐給了我一張到邁阿密的機票，與你同一班機。

　　她補充說，「從邁阿密到紐約不能保證有機位，而且必在候機室等，也許會在那過夜」。我看看你，你輕拍我的肩膀，於是我點頭。這趟旅行，使我很吉普賽，若真的睡在機場，我也不怕；只要離開那個無法制的多明尼加……

　　你興奮地去更改機位，我們分別是14D、14E。你說：「You are a pleasant lady, and very nice……」受寵若驚的我，只想不斷地說：「感激不盡。」

　　當我在飛機上，以紊亂不堪的心情，試著寫我的感受時，你說：「雖然我看不懂你所寫的字，但那是很美的文字。」然後，又告訴我：「不用擔憂太多。」

　　你我相識不到三個小時，彼此很難以相同語言溝通，但「微笑」卻成了我們最佳的溝通工具。滿頭銀髮的你，像父親般陪我到各航空公司爭取機位。

　　曾到過台灣旅行的你，念念不忘那兒的人情味與佳餚。你希望有機會在台灣見。在飛機上，你給了我一位台灣朋友的電話與英文名字「Yolanda Chang，8862-351-2681」。你認為我和她相貌很相似，除了替你向她「Say Hello」，也希望我能與她成為好友。

　　當時我不知如何用英文說：「Ferrigan 先生，你真是位仁慈又可愛的長者……」

　　我們終於到了邁阿密機場，「你持中華民國護照，我持加拿大護照，所以進入美國，我們都是外國人」，你笑著對我解說。

　　你牽著我的手，匆促走向 Eastern 航空公司，你再度幫我找機位。你說，趕不上到多倫多的班機沒關係；我比較重要。你只希望我能幸運地搭上到紐約的班機。

　　當時，服務檯女士回答說，下午5點有班到紐約的飛機，但已客滿，除非有人臨時取消。

　　本來想請我喝可樂的你，即時又趕到第五機門。在等候時，你送我一枚加拿大楓葉的胸針，你希望我會喜歡。

　　Eastern 服務女士，開始一一呼喊候補乘客名字。你面對一臉驚慌的我說，不要急，我是幸運的女孩。從4：50分，4：55分到5：05分，我終於聽到 Dolly Wang 的名字，我們同時發出「哇」的驚叫聲。

　　接著，你又擔心到了紐約是否有朋友接我……其實，這一路上，因有你這樣一位陌生客的熱心關切與幫忙，已給了我莫大的信心。

　　你握著我的手，緊緊地握著……最後臨上飛機前，你在我臉頰旁輕輕地吻了一下……

　　當我從邁阿密順利地搭上飛往紐約的飛機，我又攤開筆記本，繼續完成這封寫給你的中文信。旁邊一位西方人，好奇地問我，「你寫什麼？是哪國的字？」

　　我頷首微笑……

　　當我抵達紐約次日，接到 Ferrigan 先生從多倫多的電話，他邀請我到多倫多玩。雖然我很感激他，但因對他背景完全不知及

語言問題，因此婉謝他的盛情邀約。

　　但他告訴我的朋友：「要說告別是件令人難過的事，若不相見，不知何時再見。」

　　這句話給了我隱約的傷感。當時在紐約遊學的淑貞，獲悉此事，主動願陪我去，也順便拜訪在那留學的爾信。於是，我們像吉普賽人，搭乘灰狗巴士抵達水牛城，Ferrigan 先生開著一部銀灰色的凱地拉克車，到尼加拉瓜瀑布迎接我們。

　　Ferrigan 盡地主之誼招待我們吃住。在多倫多的幾天行程中，他特別帶我們去拜訪一位來自泰國少數民族朋友。從這位朋友口述，才知對方一直接受他的金錢資助；他甚至以為我是與他來自滇緬的老鄉。

　　那年夏天返台，我遵照他的交代與 Yolanda Chang 見面。Ferrigan 先生早已從多倫多致電給她。從聊天中，我才知道 Yolanda 唸景美女中時認識 Ferrigan 先生，之後一直保持通信直到她大學畢業。

　　同年年底，Yolanda 與她男友要到德國留學時，她告訴我，很久沒 Ferrigan 先生的消息，她有些擔心，因為他的視力出了問題。之後，我也撥了幾次電話，號碼沒被取消，但是沒人接。

　　那幾年，因自己婚姻有問題，情緒十分不穩定；直到1986年移民美國。

　　有幾年，偶而我仍會撥電試著找他，但號碼依舊存在，仍無回音。

　　我想念只見過兩次面的 Ferrigan 先生，因我無法忘懷流落多明尼家機場的窘困。若不是他，我不知會流落何方。（當時，欠債的朋友與他姐姐閉門不見，雖然我手上有對方開的十幾張多名尼加支票，也找當時的駐多明尼加大使與外貿協會人員，但都回覆，無力幫忙。）

　　但一位素不相識的外國人，卻能毫無目地伸出愛之手，而且單純以對，我如何能忘卻。

　　保留他的名片，感覺他像牆頭上的花，只不過是從這頭爬到另一頭……。

王育梅　熱愛音樂及藝術，曾在洛杉磯創辦音樂藝術關懷協會，為社區服務。現從事寫作及繪畫創作，並擔任報社專欄作家。

離情依依難惜別

◆王世清

　　屈指算來，二〇〇八年九月在拉斯維加斯參加海外女作家協會第十屆年會距今已快兩年了。兩年來，來自世界各地的文學姐妹歡聚一堂的情景仍歷歷在目，尤其是三天會議結束時依依不捨的離別之情還時時縈繞於腦際。

　　難捨離別之情，一步三回頭，正是當時我們告別時刻的心情寫照。因為要趕事先預定好的回程車，我們洛杉磯的大多數會友（此次洛城作協的蓬丹、艾玉、張明玉、莊維敏、小郎、張棠都與會）必須在會議的第三天提早離開會場。選舉剛完畢，正副會長確定後，我們就不得不先行告退，告別這充滿歡聲笑語的會場，告別這文學姐妹難得相聚的歡樂時刻，我們頻頻地回頭，回望會場裡的眾姐妹。這些來自全球的文學姐妹如今喜氣洋洋走到一起，暢談文學創作的心得，交流對女性文學的看法。以前只在報章雜誌上認識的作者，而今從散居的世界各地四面八方匯聚來此，大家以文會友，相互勉勵，相互扶持，誓為推動女性文學的發展盡一份心力。現在，我們就要離開她們了，千言萬語頓時化作告別的目光，我們只能默默地向這些文學姐妹道別。

　　猶記得，剛到達的那天傍晚，我們在一家中餐館參加歡迎晚會，場面溫馨感人，久未見面的會友各自談著自己的近況，新結識的文友則交換著電話、地址及名片；大家拍照留影，閃光燈此

起彼落，閃個不停。來自洛杉磯的會員佔盡地利人和之便，陣容最為龐大，有十多個人，分坐兩桌，大家分別在兩個桌上輪流留影，要為這個充滿友情的美好時刻留下永久的見證。席間，與會的二十二個新會員各自上台自我介紹，新老會員相見甚歡。當代表二十週年誌慶的大蛋糕即將切開的一眨那，眾人的照相機全都聚焦到了兩位會長身上，我也擠在人群中，將她倆可掬的笑容定格在我的相機裡。兩年裡，兩位會長同心協力、攜手並進。將女作家協會辦得有聲有色，從這屆新會員增加之多，為歷年來之最就足以證明這點。餐後，有會員表演肚皮舞，也有表演中東舞的，還有會員上台獨唱。近三小時的Party終於在振奮人心的激情中結束了。

　　第二天的日程安排時間緊湊而內容充實，圍繞女性書寫的成就這一主題；第三天的副會長選舉誠摯感人，既有競爭更顯溫情。

　　三天轉瞬將逝，時間實在太短，會友們紛紛提出，希望今後延長年會時間，須知會友們來自世界各地，如今不遠萬里來到美國，有的路上所花的時間比開會還多。現在難得一聚，大家還剛剛相熟，無暇深談交流，卻又要匆匆離別，叫人怎不留戀、難捨？但天下沒有不散的筵席，曲終人散，總有一別，此刻內心縱有再多的不捨，也得互相道別了。此一別，大家各奔東西南北，只有等兩年以後──二〇一〇年的十一月，才能從全球各地匯聚，在台北再次相逢。

　　彈指一瞬間，一轉眼，二〇一〇年的第十一屆年會已近了，而第十屆海外女作家年會慶典的感人場面及告別時的不捨之情卻依然鐫刻在腦中，永難忘懷。

王世清　曾任中學教師，上海長寧區業餘大學教務員。曾在《星島日報》上寫過專欄，著有《中國城風情》散文集，並獲「台灣華僑救國總會」散文佳作獎。本會會員。

流浪的月亮

◆楊強

　　中秋節是中國僅次於春節的第二大節日，每當中秋節臨近，首先想到的就是和家人團聚，同吃月餅。月餅象徵著中秋的明月，月餅象徵著一家人團團圓圓，但是，長大之後才懂得「月有陰晴圓缺，人有悲歡離合」。

　　幼年時代，我的中秋節是在河北老家農村渡過的，在村莊八華里外，有個大營鎮，逢五一集，趕集到鎮上，就可以在點心鋪買到剛出爐的酥皮與提糖熱月餅，我最愛吃的是棗泥月餅。我的家鄉到處都有各種棗樹，棗子中最甜的要屬又長又大的馬牙棗，我爬樹是全村孩童中的第一名，不等棗子全紅，就爬在樹上挑最大最紅的吃，爬下樹前還要給我娘摘上兩口袋。

　　大營鎮在我幼年的心靈中，就像是最繁華熱鬧的北京城，街道上不但有各種商店、飯館、戲院、皮貨店等等。飯館裡最好吃的是大餅捲驢肉，人常說：「天上的龍肉，地上的驢肉最好吃」，「大餅捲驢肉，越吃越富有」。大營鎮當時還住著各國洋人，他們到我老爺開的皮貨店裡，挑選上等皮貨運往世界各國。有老爺開的皮貨店，我從不愁吃不上棗泥月餅與大餅捲驢肉。

　　中秋之夜，在家鄉的院子裡，方桌上擺滿了各種餡的月餅與各種瓜果，我邊吃邊聽娘講嫦娥奔月，玉兔搗藥，吳剛砍桂樹的

傳說。那晚上正好蠍子螫了我的屁股，疼的我又哭又叫。家鄉的蠍子在秋天特別多，夜晚牠們從牆縫泥土中爬出來尋找食物，聽娘說：蠍子為什麼這樣惡毒，因為牠們沒有母親。母蠍生小蠍子時，把自己的脊背裂開，小蠍子從母蠍肚子裡爬出來，母蠍的身體又被小蠍子吃掉了，牠們是不孝的子孫，牠們也從來沒有享受過母愛。

　　家鄉的孩童專門在中秋時節捉蠍子，因為這時的蠍子特別肥大，夜晚我也提上燈籠，拿著玻璃瓶和筷子，和玩伴們在牆跟和潮濕地方捉蠍子，白天還爬到樹上拿知了脫下的蟬翼殼，這兩樣都是中藥材，可以在村中的中藥店換來零花錢。家鄉的中秋節給我留下了美好的回憶。

　　少年時代是在北京度過的，我像個野孩子和同院的玩伴們，從廁所的窗子翻進去偷看電影，記得看過很多部電影，但從未看過片頭。窮困生活讓我思想早熟，所以，我很小就參加工作，養活家人。可惜從此再也沒有機會和父母團圓，共賞中秋圓月。

　　青年時代，我的中秋節是在大西北的劇團中渡過的。記得那年我跟隨劇團到藏區拍電影，從甘肅的草原，跑到青海的草原，九月甘青的草葉已開始枯黃，為了選到最美麗的外景，只好又趕往四川草原。那時正是達賴喇嘛帶領青藏高原的貴族逃往印度，沒有來得及逃離的貴族，仍然想把共產黨和漢人趕出草原，於是，每天晚上他們都想暗殺漢藏幹部和偷襲軍人。為了攝製組的安全，每到一個外景地都有解放軍騎兵保護，我們每個男人也都發有一桿長槍和二十發子彈，而我因為扮演角色的需要，發的是美國造的卡賓槍，梭子裡有二十五發子彈，目的是自衛和保護女同志。我們攝製組住在寺廟的樓上，中秋節那天騎兵突然接到命令去包抄一個敵人據點，我們也從外景地提前撤回寺廟，黃昏，我看見騎兵冒著小雨消失在霧濛濛的山角下。

那天我到供銷社用全國糧票特意買了兩個提糖月餅，那兩個月餅也不知是哪年哪月烘烤的，硬的像石頭，重的像鐵餅，如果用它來打人，打不死也能把人打暈。那年的秋天，大饑荒的徵兆已經來臨，我們攝製組在三個省的草原都沒有吃到牛羊肉。

裝在口袋裡的再硬再沉它也是月餅，我只想背著人單獨享用，那晚正好分派我一人在頂樓站一小時的崗，我一手抱著卡賓，一手啃著月餅，月亮時而躲在雲中，時而露出淒涼的寒光，草原的夜晚特別寒冷，我穿著羊皮大衣還在打哆嗦，山風把寺廟角樓的風鈴吹得叮噹作響，遠處傳來狼的嚎叫聲，寺廟四周時常有手電筒的賊光一道道劃過夜空，嚇得才十幾歲的我渾身發抖，食指緊扣著扳機，如果當時寺廟前出現人影，我會毫不遲疑的扣動板機，那是我終生最難忘的中秋之夜！

中年時代，我的中秋節是在美國度過的。在遙遠的異國他鄉，遠離了父母家人，值得慶幸的是住在華人聚集的南加州，仍能享受非常傳統的中國節日。我和太太生活的平平安安，團團圓圓，甜甜蜜蜜。每年中秋節前，從超市開始供應月餅吃起，直到節後打折促銷，買一送一，連我自己也不知吃了多少月餅，過足了月餅癮。

每當中秋節時，都會想起故鄉的庭院，大營鎮的棗泥月餅，娘講的嫦娥故事。每當中秋節時，都會想起北京的四合院，和同院的玩伴們。每當中秋節時，我都不會忘記，四川草原的提糖月餅，和寺院樓頂的寒風冷月。作夢也不曾想過，如今居住在美國的獨立屋，觀賞著美國又大又圓的月亮。

我一生到處流浪，走遍了大江南北，居住過長城內外，現在又從東半球走到西半球，月亮跟著我到處流浪，我也是流浪的月亮。

楊　強　曾任電視劇製片人，話劇團與電視劇編劇、導演、演員。在海外
曾獲新聞局、僑聯總會劇本、小說、新詩大獎和其他獎項共二十
多個。出版有劇本、小說、散文集等多種著作。現為好萊塢演員
工會會員、本會理事。

今夜月色正濃

◆陳森

今天是中秋節。

月華臨靜夜。窗外的月亮越來越亮，星星越來越多。我帶著淡淡的憂愁走出家門，沿著熟悉的街道穿過熱鬧喧嘩的超市，不由自主地走到了住家附近的公園。中秋夜是闔家團聚的時候，公園顯得格外的清涼。靜謐的月色投射出了我的身影，也毫無掩飾地映照出我的孤獨和落寞。靜美的月亮滿滿圓圓，懸掛在繁星點點的夜空。皎潔的月色朦朧著夜空和大地，也在我的心底深處映出一種異樣的朦朧情愫。這種情愫卻又讓我的心境忽如中天明月般地清亮起來，使我不由想起了許許多多與此有關的美好記憶。我想到了遠方家鄉故土和生長居住在這片故土裡的親人們，也想到古往今來世界上那些藝術家們對中秋明月的感受，想起了他們給後人留下的那些華美篇章。

詩人筆下的月色，「玉戶簾中卷不去，擣衣砧上拂還來」，「舉杯邀明月，對影成三人。月既不解飲，影徒隨我身」……讓我銘記在心。

貝多芬一首經典的《月光奏鳴曲》早已成為家喻戶曉的名曲。在流淌的樂曲聲中，月亮從湖面上慢慢地升起來了，在柔美的月光映照下，一隻小舟蕩漾在美麗的湖面上。當年，貝多芬的

耳朵雖然不能聽到外界的聲音，但音符裡流淌出的旋律，是作曲家心靈深處的強音，極其美麗，極其震撼。貝多芬熱愛大自然，更熱愛明月灑下的銀光。

貝多芬的一生極其坎坷不幸。他在《月光奏鳴曲》的第一樂章中，感情表現得極其豐富。看似輕柔的樂曲聲中，有冥想的柔情，悲傷的吟誦，也有陰暗的預感。

德彪西的《明月之光》，表現出的卻是另一番韻味。如果說「靜謐」是貝多芬演繹月光最大特點的話，那麼「靈動」便是德彪西演繹月光的精髓所在。其旋律如清泉般，流淌傾瀉，叮咚作響。在德彪西的樂曲裡，音符是有些離散的，打散了旋律，卻散而不亂，像溢出的一顆顆水銀在台階上走走停停。

我高中同班同學的女兒小粵，正在中國傳媒大學影視藝術學院錄音系深造。青春好年華的她，在文學和藝術上已有很好的功底。她在給我的郵件中寫道：「經典終歸是經典，能夠經得起時間的沉澱，不論我們身處什麼時代什麼地域，好的音樂作品總是能引起人們的共鳴。貝多芬一直是我最喜歡的作曲家之一，然而他遺留下的卓越的作品並非最初我鍾愛他的原因，反而是他面對命運所表現出的百折不撓的人格魅力，在我小小孩童的心裡留下了極為深刻的印象。之後，隨著對鋼琴進一步的學習，我漸漸明白僅有高超的演奏技巧是無法完全詮釋一部作品的神韻的，還需要感情的潤色。每個作曲家所經歷的人生軌跡不同，他們的作品所呈現出的風格意境也就截然不同。」

德彪西和貝多芬的兩首演繹「月光」的經典樂章，在一百多年後的今天聆聽，帶給我們的仍然是一場視聽盛宴。在現今的城市日益變得喧囂和浮躁的背景下，這些純澈的音樂帶給我們的不

僅僅是聽覺上的享受，更是心靈的洗滌和沉潛，導引我們回歸質樸和自然。

我生長在一個明山秀水，地靈人傑的地方，那就是位於中國湖北省黃岡地區偏遠的小山村——揚鋪。

記得在我很小的時候，就心繫遠方，感悟到長大後自己一定不屬於那裡。「遠方」彷彿與我有一種隔世的情緣。待到真的去了遠方，我卻又有一種不了的憾意，還多了些身為異鄉客的惆悵。「每逢佳節倍思親」，在這皎潔的月光下，我常常會發出「歷盡艱辛心自愁，親友故人常入夢」的憾慨。

穿越時空，「遠方」於我早已不是一種簡單的地域慨念，它是一種希冀和寄託，以不同的異象和清淡的月色融入我人生旅程。我漸漸感悟到，這遙遠是思緒紛飛，綿延不止；是萍跡不定，顛沛流離，幻化成一個個動人的漣漪，賦予「遠方」的正是這種遙遠而又美麗的感覺。

我雖然嚮往遠方，但內心深處非常戀家。連在傍晚時漫步街頭，看見不曾相識的，但生活在同一片夜空下的人家裡透出來的燈光，都會想像那裡人家的溫馨落寞，心頭為之牽動。

我從不夢想建立一個輝煌的家。不曾熄滅的希冀是：擁有屬於自己心靈的小窗，有一個熟悉的、哪怕是小小的安穩居所，能夠投奔而去，打開門之後，換上一雙舒適的鞋子，頓時忘記工作的繁忙，鬱抑的人事，將一身的風塵、疲乏與思念釋放，還有那鋼琴上放著練習曲譜，床頭櫃上擺放著未看完的書籍……最要緊的是有至愛親情的人在等待。

在我的心中，正是因為擁有了這樣一個平淡並不奢侈的夢想，每每想起就不由展露出會心的歡顏，浮湧起如夢似幻般的感

受，這便使我的生活多了些飄逸，少了些浮躁；多了些血脈激情，少了些自怨自哀。

　　月色溶溶，薄霧飄浮。公園中叢生的灌木，落下參差斑駁的倩影，像是畫在草坪上，又像是銘刻在內心深處。清淡的月色，散射出黑白相間的光和影，猶如和諧的旋律，光與影譜寫出一條條五線譜似的曲線。夜空裡流淌著朦朧的暮靄，恰似我此時淡淡憂愁的心境。此時此刻，我想起了唐代大詩人杜甫的《月夜》中的詩句：「香霧雲鬟濕，清輝玉臂寒。何時倚虛幌，雙照淚痕乾。」

　　趁月色正濃，我漫步回家；哦，在這月明風清的中秋之夜，我祈禱著天上的明月捎去我對遠方親朋好友深情的問候，祈望著那灑滿環宇的月光傳去我心中美好的願望，願那柔美的月光照進您的窗前，射進您的心懷。

陳　森　筆名思楊。畢業於武漢大學新聞繫，在中國曾參軍和在湖北省廣播電視廳工作，現在「太平銀行」從事新帳戶工作。業餘愛好鋼琴和乒乓球。詩歌，散文等多篇作品曾發表於中國，台灣，洛杉磯等地華文報刊雜誌，本會會員。

夕陽無限好美景在黃昏

◆周宜吉

> 但得夕陽無限好，何須惆悵近黃昏；
> 人生七十古來稀，及時行樂莫猶豫。

古人一句「人生七十古來稀」，千年來，人們把它視為人生壽命的指標，有的人為此句話而感傷，恨生命短暫，有的人以此激勵人生，要及時努力，有的更及時行樂，因此放蕩生活。

李商隱的「向晚意不適，驅車登古原，夕陽無限好，只是近黃昏。」這首登高望遠觸景敘情的詩，流傳已久，也常被人們斷章取意。作者在詩中有感於光陰如流水，時不再來，表達了自己惜時惜己的悲憫心情。夕陽的美是生命中最柔和婉約的美，也最使人感到時光易逝，好景不在，這首詩更深層的內涵，意在提醒人們在陶醉於美景的同時，應該珍惜時間，珍惜生命，珍惜生活中的每一天。

每當人們在欣賞美麗的夕陽時，總會感嘆的說出：「夕陽無限好，只是近黃昏」，卻很少有人，全心欣賞目前這片晚霞。或許很多老人在享受退休生活時，也會有相同的感嘆。事實上，只要你把「退休」當作人生另一階段的開始，以積極樂觀的態度去面對，並做好退休生活的安排，你一樣會享受到「在秋天裡的春光」，而且「夕陽」依然美麗。

　　明朝唐伯虎讀了杜詩後，感慨自己已活過了「古稀」，也寫了一首《七十詞》：

　　　　人生七十古稀，我年七十為奇，前十年幼小，後十年衰老；中間只有五十年，一半又在夜裡過了。算來只有二十五年在世，受多少奔波煩惱。

　　這首詞妙在它用算數舉例，讓人直覺的感到，人生有限時間寶貴的真諦。詞中不僅表達了對於自己年已古稀，光陰一去不復返的感慨，同時也表達了自己的人生態度：人生苦短，當及時行樂！
　　自古以來，文人們都愛用「日暮西山」，「秋風蕭瑟」來比喻人到暮年的淒清，悲涼和無奈。而在新時代的我們，應洞察宇宙間「日出日落古今同」，和大自然「春夏秋冬恆久不變」的自然規律，也要知道人的一生從少年到老年，從人生的春天到秋天，也是不可抗拒的自然規律。但是，只要生活中有真情，有笑聲，有歌聲，那麼，就是「晚霞朝霞都一樣紅」，「秋也似春光一樣濃」，這才是真實的生活，這才是真正的人生。
　　「人生七十古來稀」這句古諺，已不合乎今時。以下歌謠，似可代表現代人的人生觀：

　　　　人生七十才開始，八十滿滿是，九十無稀奇，一百笑嘻嘻，六十當青春，五十小老弟，四十是孩提，三十坐搖籃，二十是嬰兒。

　　若你在「六十當青春」時退休，到「笑嘻嘻的一百」，樂觀的去思考，好好去安排，將會是「多彩多姿的四十年」

在台灣退休的老人，當孩子們要他們移民來美國時，從親友間，得到一個很普遍的忠告是：「美國是兒童的天堂，年輕人的戰場，老年人的墓場。」還有自己會想：年紀大了，「又聾又啞」（英文不會聽也不會講），「又沒腳」（腳就是car，表示不會開車）。更何況，兒子媳婦上班忙，加上沒有親戚朋友，去那裡都不方便，對於在國外來的退休老人，如果真的不會英文，也不會開車，健康狀況又不佳，來美後的健保……等等問題，真的要列入是否要移民美國或落葉歸根的考量。

我是第一代移民，來美後，日以繼夜的工作，努力自己的事業，也從不忘進修充實自己，匆匆已過三十餘年，十年前悟到人生的真諦。想想孩子們的高等學位相繼完成，肩上的重擔已可放下，所以開始做退休的準備。退休後比上班時還忙，算一算要做的事還有很多很多，而一天時間卻那麼快過，每天忙錄又充實，人生七十一樣紅，此時此景，應把李商隱的詩改為：「夕陽無限好，美景在黃昏。」

有人說：「二十盼過年，四十過年煩，六十年年過。」茲摘錄一首「人生快樂歌」來作本文的結尾：「人生的軌跡就像太陽的運行；從日出，朝陽，烈日，夕陽，到日落西山，歲月如流水；七十歲按年過，八十歲按月過，九十歲就按天過了，何不讓每天都過得快快樂樂！」

周宜吉　筆名六叔公。退休企業家。夫婦倆皆喜愛旅遊，每次自導自遊列國後，自己動手製作DVD，已有數十種不同的卡拉OK-DVD紀錄片，及著作了數十本不同的人生精華經歷書冊。

街上流行年夜飯

◆李涵

　　一次我在上海我所供職的單位裡，與一些同事聊天，忽然發現一位年輕的女演員穿的牛仔褲的膝蓋和另外幾處地方，竟破得露出了身體。我一面覺得好生奇怪，因為按她的經濟條件，是決不至於要去穿破褲子的。但與此同時，仍忍不住囑她回家後，別忘了將褲子打上補丁。不料我的話還未說完，周圍的人便哄笑起來，說我不領市面，兩個兒子在美國，而自己竟連這種新流行的服裝款式也看不懂。

　　後來，我注意了一下上海馬路上少男少女的服飾，竟領略到不少我先前以為應該打補丁的牛仔褲的款式。不久，到了洛衫磯，我對兒媳說起這種樣子的牛仔褲，並請教她這樣的「破褲子」究竟好看在什麼地方，想不到她說：這種款式現在已經過時了；當下流行的，是一種緊緊包裹住雙腿的緊身褲。

　　我只能自嘆跟不上流行。但我並不沮喪。因為，事實上，近些年來，不論是吃、住、穿著，還包括口頭用語，流行的東西實在過於迅猛，而且地域寬廣，令人應接不暇。像電視節目主持人熱衷用的詞彙，在台北剛剛風行，旋即就在上海出現了。而我，則常常是連這些新式詞彙的真正意思還沒有來得及弄懂。

　　對於這種流行，社會上反應不一。一般地說，年輕人容易接

受，而成年人的態度則是謹慎的居多。兩年前，湖南衛視搞了個「超女大賽」，數名「超女」，一夜之間紅透大江南北。青年觀眾的熱情如火如荼；但有不少成年人，態度冷漠；也有多位專家認為，對於此種流行，應當認真加以分析與研究。

其實，不論是某種較為廣泛的社會現象，還是若干與眾不同的生活細節，大凡能夠流行者，就必然會有它的道理。憑著個人的好惡對它們或褒或貶，並不妨礙他人和社會，自然無可厚非。但是我們頂多能夠知道，流行的事物，它的發生與更新，往往蘊含著社會發展變化的走向，表現為對社會傳統生活方式和文化心理模式的求新、求變、求異。

而如果流行能在一個不長的時間裡經由普遍化的歷程而被大眾化消解，又可以認為是社會迅速發展的明證。據此，我對於流行的態度，是關注和研究；在行動上，則根據思考的結果，做出相應的反應。

譬如手機，在洛杉磯，我看見它們在兒子媳婦手裡經常花樣翻新。不僅式樣，而且功能，在不斷豐富。我深感好奇，也常將此種對象當作審美對象來加以欣賞。但這與我的實際生活關係不大，因為我根本不用手機。

又如吃年夜飯，它歷來是中國家庭過年的一個重頭戲，記得小時候為了吃好一頓年夜飯，我祖母和母親要為此忙碌上好多天。但是，忘記是從哪一年開始，突然流行起大年夜到飯店裡去吃年夜飯的風氣了。這種勢頭一年甚於一年，及至到了近兩年，上海高檔一點的飯店，竟在秋風刮起的時候大年夜的宴席就已經預訂一空。據說，今年是從端午節開始就得去預訂除夕的年夜飯了。這種流行，很顯然，包含著物質生活水平提高、對傳統習俗的反撥，濃重的商業操作意味等因素。但是，我都不為所動。因

為我覺得，在飯店裡吃年夜飯，過於煩囂，會失卻一份濃鬱的家庭溫情。

李　涵　原上海兒童藝術劇院副院長。戲劇評論家，著有《明星初升的軌跡》、《兒童戲劇的魅力》、《雙城隨筆》。

憶于耕

◆張繼仙

　　菡子的來信得知于耕老師病故。一陣難過，在這異鄉客地，失落感中更添了一份失落。

　　十年前我是在她的病房認識了她。一個北京師範大學的女校長，在經上海的途中病倒了。病中的她，仍帶幾分學者風度。菡子是她的至交，每逢她來上海，她必定是在她身旁的。我有些拘謹，她緩緩地推過一把椅子來，讓我在她對面坐下，目光自如地對著我。似乎我們早就相識。

　　「我在與菡子閒聊，是在講我被關押在福建呂口的那段日子……」她看出我的拘謹，就那麼一瞬間，讓我加入了她們的友情之中。

　　她講的是十年「文化大革命」，她也曾被迫害與摧殘，不同的是她談那些卻如散文似地談她被關押的山區，山泉如何源遠流長，山花如何自生自長。她談那裡的蒼松、朝陽、暮靄……無不使她感動。後來，她完全被隔離了，隔離在一間陰暗的屋子裡，徹底失去了自由，沒有書，也沒有陽光。「我能做的是默誦一些詩詞，紅樓夢的詩詞也是我愛唸的」她說，「不管是黛玉的『粉墮百花州，香殘燕子樓』，還是寶釵的『白玉堂前春解舞，東風

捲得均勻』，不管它是悲涼辛酸的哀嘆，還是躊躇滿志的詠物言志，那嫵媚的春色都為我的房間帶來了陽光。」

　　她病癒回家後不久又來上海，住在賓館裡。告訴我們她要隨她丈夫出國訪問。來上海順便購些衣服。菡子興致勃勃地翻箱倒櫃找出自己認為是最好的衣服同我一起送去，說是要她帶出國去穿。加上她自己買的，堆在一起，也見不少。明知尺碼不對，也不掃她的興，一件件地試起來，之後，又讓我試。

　　「到底她年輕，穿在身上漂亮多了。」她說，我頓時自信起來。我試了她們的，菡子又試了她的，她試菡子的。三個女人反反覆覆地穿來穿去。

　　此後她又來過上海一次，我去過北京三次，曾住在她家，最後一次是我來美國前。十年中，我們未斷過書信來往。她對人生的寬容和諒解，對友情的尊重和珍惜，無不溢於字裡行間，她一直在病，病根想必是出於那個曾被她描繪得詩情畫意的山間和那個她曾在裡面找到陽光的陰暗屋子。

　　路遠迢迢，我無法回去祭奠她，我不是佛教徒，也不是基督徒，但我盼有來世，我盼有永生，我盼某一年某個世紀我們還會相聚。

張繼仙　　原為上海師範大學美術系副教授，中國畫教研室主任。教學電影（編劇）。出版有《怎樣寫生山水》、《應野平山水畫》、《故鄉行》、《彼岸書簡》等著作。

一個婚禮兩份人情

◆陳十美

　　二〇〇五年的元月九日是小女嘉禾的婚宴日，由於是第一個兒女的嫁娶惶恐與興奮自不待言。

　　當時回想自旅美定居以來，一頭裁進文教與社區服務工作，一晃也已二十餘年了，說句老實話，平時只會要求兒女協助工作，卻疏於關懷他們的成長乃至終身大事，等到他們都已過而立之年了，才驚覺過來。好不容易要嫁女了，自然有無限虧欠與不捨，因此自認為這應該是件大事，也就不惜花費在那時比較像樣的棕櫚太平洋飯店訂了酒席，並認認真真地把所有長輩與老朋友們都請了來，外加這個那個忙得團團轉。還在婚禮的前一晚，徹夜把最後函請的和自動要求參加總共六百餘位賓客，依照比較相知熟識的情況編列排桌，製成十幾張座次姓名大表，於當天，大事周張的掛在前廳外牆上，以便賓客易於識別就坐。

　　席訂六時三十分，五時工作人員就到位佈置妥當準備開開心心地迎賓；誰知就在此時，外面竟然雷電交加，下起傾盆大雨來了。

　　可想而知，接下來就是看到被淋得像落湯雞的賓客們，倉皇的一個個自外面跑著進來，特別是幾位老人家，手上還要抱著大包小包的禮物，嘴裡還得不斷道歉，路塞了，來晚了……

　　小女梁嘉禾任職「陽光托兒所」，少不了許多家長的祝福，也爭相推薦他們的小孩擔任花童，加上女婿的大家族裡也有幾位適齡的，湊起來竟有二十餘人，當然在那一天，他們也是跟著大人，在大雨中陸陸續續飛奔進場！於是大廳前面的接待處，就出現了這麼一場老老少少一面要低頭在禮冊上簽名送禮，一面要仰頭在坐次看板上找自己的名字，還要互相拍打頭上身上的水珠，這種實在沒有預期又略帶騷動的景象。

　　等啊等的，婚禮終於在七點開始了，在牧師的見證及雙方親友告白祝福後，自然要家長答禮了，親家公那年已高齡八十出頭，大家公推由他代表出場，我也就以為可以落得清閒不必準備，誰知，在那之後，大嗓門的老友何健行，竟然站起來向大家說，「我們也希望女方家長陳十美女士向大家說幾句話！」掌聲隨即響起，當時我知道儘管平時不善言辭，在那種情景下是不能退卻的。並且也正是給我一個機會，於是我站起來向大家由衷地深深一鞠躬，我是這麼說的：「敬愛的親友長輩朋友們，現在我的心情真正是除了感謝還是感謝，今天大家冒了這麼大的風雨前來為小女和她的夫婿及我們雙方的家屬賀喜，使我們格外感到歉疚，並且深深覺得欠了大家兩份情。一個是大駕光臨隆情厚誼；一個是冒著這麼大的風雨而來，實在是太不容易了，真正令人既感動又不忍……。」

　　那真是個交織著熱鬧又溫馨的夜晚。除了年輕一輩們隨即跟著樂隊的歡唱起舞以外，二十個花童花女難得一天不必在 Amy 老師（小女的英文名）的門下循規蹈矩，個個奔放飛耀在舞台上，揮舞著他們雪白的舞衣，加上頭上閃閃發亮的銀色裝飾，真有如璀璨夜空交織的繁星點點，小天使們可愛極了。

　　轉身回顧，我那約佔著三份之二的長輩與老友們，可絲毫不受前台迪斯可的喧嘩影響，桌桌聊開了。甚至遠遠的在打招呼，

或互相起身握手擁抱，問候、敬酒、交換名片，那一刻我幾乎可以讀到每一位老友的心聲：多高興呀能看到多年不見的你呀，你好嗎？兒女如何？退休了嗎？快留個電話以後要常聯繫呀……。

同樣興奮的心情，我一桌桌的走過去向他們致候。劉媽媽在那年應該有九十三歲了，還拉著我的手說：「你女兒好漂亮啊！」其實她老人家的慈祥慷慨、正直才是僑社最美麗的典範。

大約十點左右吧，不捨的送別一個個，雖不一定酒醉飯飽，卻懷著大家滿滿的關懷與祝福的笑容緩緩離去的長輩與老友們。回到室內，看見年輕人們還在台上唱著鬧著，小天使們卻玩瘋了，也累了，一個個都趴在他們年輕的爸爸或媽媽腿上睡著了。

做媽的我也該歇著點退場了吧。開車回家的路上仍然下著雨，我的心還是繫著長輩、老友們歸途的行車安全，想著想著突然想到自己也到花甲之年了，「花甲」這個詞應該是很遙遠的，曾幾何時，自己也就「花甲」了呢！

在那婚禮的第二天，報載前晚因大風雨在蒙市的一個婚禮在進行中停電一個半小時，親友只好在摸黑中挨過，整個婚禮足足延遲一個半小時，令人捏把冷汗，還好小女昨晚的婚宴沒有停電，算是非常幸運的了。

小女婚後三年，兒子緊接著也要成婚了，在他們籌備了一段時間後，兒子終於禁不住的問我，為什麼他結婚我都不問也不要求桌數？我淡淡的告訴他，因為我的朋友都老了，不忍心再次興師動眾了。他們小倆口也就自己選訂了在帕沙迪納市的雙橡園，竟然也請了二百多人，畢竟是他們年輕人的事啊，就由他們自己去管吧。誰叫他不同意當年我曾經要求他和姐姐一齊舉辦婚禮的建議，不也是個創舉嗎！孩子們就是不能體會歲月不饒人，媽已經不是他們習慣的那個總是遮風擋雨衝鋒陷陣的人了。

陳十美　美亞文教基金會會長，陽光教育中心校長。曾於一九八○至
　　　　一九八九成功發行《南華時報》，一九八七年再創華興學院及陽
　　　　光教育中心。旅美三十餘年，一直在文教界深耕奉獻，創辦或參
　　　　與的社團組織無數，以傳承中華文教為終生使命。

也是分享

◆黃梨雲

　　上週六，學校課前晨會後，妳遞給我一盒大小盈握，製作小巧、精美的字卡，等不及打開，當即被盒面上的圖畫深深吸引住。但見畫的是一小沙彌，戴個眼鏡，一手置於背後，一手拿著教鞭，指著黑板，微微低著頭，俯視著站在他面前的一隻小鹿。而小鹿呢，微仰著頭，專注地望著小沙彌。對此畫面，不禁讓我笑開了懷。

　　回到家後，我一遍遍的，用心的，一張張品味、玩賞著這些小卡。每張小卡都繪有一小沙彌。有低頭注視地上小烏龜的，有逗弄小蚱蜢的，有拿著放大鏡頭研究小甲蟲的，有耕種的，有在井邊打水的……個個憨態可掬，逗人發噱。而每張小卡的字句，更是充滿智慧，引人深思。

　　例如：「話多不如話少，話少不如話好」是要我們多說好話、真實的話，不說虛浮、無用的話。「無心去往壞處想，則任何話都是好話」是要我們善解人意，對於他人的言詞，都往好處去理解，於人於己都有益。「心中有愛，就沒有障礙」是要我們以愛去化礙。「要先愛別人，別人才會愛你」我們要對方如何對待我們，首先我們就應該如何去對待別人。也就是——我愛人人，人人愛我。

　　還有「要用心，不要操心、煩心」，遇到困境、阻礙，只有用心設法如何解決困難，如何走出困境，而不是浪費時間在於事無補的操心、煩心。更有「屋寬不如心寬」、「心美看什麼都美」我也有同感。

　　我家後院雖然不大，但還稱得上雅潔。在有陽光的日子裡，我會在我的迷你花園裡消磨個大半天。或者是看書，或者是寫稿，或者是蒔花弄草。更有些時候是與我家的漂亮寶貝，一隻會笑的萬人迷的狗兒，舒適地躺在草地上，追逐著飄浮在藍天上的白雲。又或者沉醉於來我小院造訪的蜂、蝶、各類鳥雀、松鼠等等。每當此時，心中總是無限的感恩與滿足。感謝上天賜我一方庭園，讓我得以潔淨、沉澱我的心靈。

　　這學期給學生的家庭作業，我加進了一項英譯中，於是這盒小卡片，很自然地又成了我的教材。我挑選些較為淺顯，意義深遠，在美學生能夠瞭解、吸收的詞句，讓他們翻譯。希望在潛移默化當中，對海外華人子弟的日常生活，甚至於日後人生的道路上，能夠有所助益。

　　走筆至此，心中充滿無限感恩，感恩您以如此美好對象與我分享，我也願以智慧、祥和、遍灑人間！

黃梨雲　致力於中華文化海外之傳承，曾任洛杉磯華文作家協會理事多年。現為中文學校教師。

憶「四二九」空戰
——念中國空軍英烈

◆王逢吉

七七抗戰六十周年紀念專文：可以饒恕，但不可以忘記！

　　日本人侵略中國在戰場上最厲害的武器是坦克車和飛機。由坦克車的橫衝直闖，席捲華北平原，又常常出動百架以上的飛機猛烈轟炸我國後方各大小城市。旦夕之間房舍城墟，橫屍遍野，肚破腸流，無頭缺腳，肢體血肉模糊，不忍卒睹。民國二十八年「五三」與「五四」，重慶市變成大火城，連續大火三天三夜，死傷數萬平民，破壞之慘烈史無前例。

　　尤其是八月十四日，日本空軍以奇襲的方式從台灣新竹機場飛越海峽遠征杭州筧橋航校，企圖一舉殲滅我空軍精銳部隊，不料遭遇空軍英雄高志航率領第四大隊由德州返航，憑剩餘的汽油一股作氣打得日本空軍七零八落，斷魂中國的領空。我印象最深刻的「四二九」空軍中曾擊落敵機的猛將陳懷民也不幸殉國了。據說日本空軍損失重轟炸機多架後倉皇逃走。

　　我記得那天上午時分，因事由武昌漢陽門輪渡碼頭渡江返回漢口家中，剛剛走到江邊，忽然警報聲大作，頃刻之間，長江渡輪停航了，大江上連一隻小木舟都沒有，只見浪濤滾滾東流，碧空如洗，水天一色。視野非常廣闊，估計必有大規模的空戰，

碼頭邊的車輛全部逃避一空，四顧茫茫，不見人影。武漢成了死城，我徘徊江岸，進退兩難。最後靈機一動，決定爬上黃鶴樓頭暫時躲避轟炸。走進一家尚未關門逃空襲的小茶館，坐在茶桌邊從窗口遙望，古城即景，盡收眼底。陽光普照，屋舍鱗次櫛比，卻杳無人跡，一片黯然死寂，彷彿一隻蜷伏待宰的巨獸。內心在滿目蒼涼的景色中，泛起怛惻悲憫之情，這樣的大好錦繡山河，即將破碎。天地蒼茫，芸芸眾生，徬徨生死邊緣，皈依何處呢！

正在沉思默想中，耳邊依稀聽見一陣陣沉重的機聲，衝破了凝固的死寂氣氛，由遠而近，推測是日本重轟炸機群飛臨上空了。似乎帶來了一種強烈無比的壓迫感，並且逐漸擴散充塞四周圍，待我抬頭一望，發現日本轟炸機每三架成一隊，前後連長串緩緩飛過黃鶴樓上空，由南向北飛。機身龐大，狀極笨重，機聲傲然狂吼，在太陽光下閃爍著耀眼的碎光，翼下紅色圓形日本旗隱約可見，一派囂張氣勢，令人扼腕。

這時兩岸地面的高射砲開始怒吼了，密集發射，砲聲隆隆震抖大地，碧空中煙花朵朵，彼起此落，組成縱深火網。機群則上下作曲線閃躲。驀的轟然一聲巨響，有一架飛機被黑色煙團擊中了，幾度搖晃沉浮，掙扎，終於拖著一條灰黑色尾巴，冒著絳紅的火燄由上空疾速斜墜北岸了，茶館裡有人高聲大叫：「打中了，打下日本鬼子的飛機了！」

我在興奮之餘，發現天空中至少有三串日本轟炸機在緩緩飛來，只是高低不同。高空和半空中還有許多銀色小光點的北岸浮動，彷彿粒粒珍珠散落在碧玉的圓盤中旋轉滾動。同時發出清脆悅耳的響聲，原來雙方的戰鬥驅逐機正在半空中互相纏鬥，旋轉攻擊中機槍彈四處橫飛，飛機愈飛愈低，看得非常清楚。簡直忘記了身處危境，隨時有被機槍打死的可能。

遠遠看來，我國的戰鬥機顏色較深，似淺綠色小點，架數不多，上下翻騰，左右疾馳，變化快速，矯健靈活，看得很過癮。日本戰鬥機是較淺的灰色，數目比我國的多些，形式也不太相同，顯然很佔優勢，讓我們這些觀戰的人提心吊膽，十分擔憂。

當日本轟炸機群快速掠過長江上空之際，半空中忽然閃落串串銀花，投彈了。漢口西郊的王家墩飛機場黑煙衝天，中彈起火了。就在此刻突然看見有一架中國戰鬥機由雲端俯衝而下，鑽進了轟炸機的行列，猛如老鷹撲雞，瞬息之間又閃電似的斜衝出來了，如此往返兩三次之多，轟炸機隊形略似慌張，市區內高射砲業已停止射擊，郊區則砲火連天，飛機墜落多架，但敵我難予判斷。

再抬頭時，看見一架小型飛機衝進了轟炸機中間的第二架機，兩機相撞，火光一閃，立即起火墜落，中途爆炸，碎片四散下落。這時轟炸機隊形大亂，各機分開倉皇逃竄。接著有許多小飛機圍繞著四周攻擊，如同峽蝶穿花，蜻蜓點水，又被打落兩架。「四二九」之役日本空軍大敗而逃，沒有撿到便宜，據說有若干架俄國志願軍飛機參加戰鬥，而空軍烈士陳懷民衝入轟炸機群，猛撞敵機，壯烈殉國而引發出來的輝煌戰果。

經過這一次空中大戰以後，又有蘭州之役，日本空軍又有嚴重的損失。我們的傷亡雖較輕微，然而海岸全遭封鎖，僅依靠西北公路以通蘇俄。路遙遠，往返載量少，空軍補給非常艱難，被迫改採取中空奇襲的游擊戰術，以避免人員和裝備受到無法彌補的消耗。於是日本空軍「出進」大後方各省都市城鎮，大肆轟炸或秘密散佈細菌。重慶是一座山城，開鑿防空洞甚多，轟炸的破壞有限，後來採用大漢奸汪精衛的獻計，搞「疲勞轟炸」，每天派少數飛機徘徊各縣市上空，重慶即無解除警報，老百姓只有枯坐在洞裡挨餓，什麼事也不能做，鄉民無知，在洞中不准小孩子

哭叫，說是日本飛行員會聽見，擲大炸彈。不慎捂死了自己的小
孩，莫名其妙的慘劇時有所聞。

有一次空襲警報之後一直沒有解除，山城地下防空洞裡通風
設備不良，躲避空襲的人又多，守門的警察憲兵又不准人出來，
在相互擁擠呼叫下，窒息悶死了數萬人之多，搬運屍體就用大卡
車拖了三天三夜，市區內店鋪無人開門。

全家老小一齊死難的很多，從遺體上留下來的金銀寶石首
飾、皮箱、手提袋堆集成小山丘，這種殘酷的大屠殺，慘絕人寰
的浩劫，孰令致之？孰令為之？而今六十年的光陰匆匆，日本侵
略者瘋狂的野心和暴虐的獸性所造成的罪孽已經進入了歷史。凡
是中國人不能忘記也不應該忘記這血淚鑄成的一信史，比諸長
崎、廣島的兩顆原子彈，日本人年年拜祭亡魂，難道不能夠啟迪
大和民族的怛惻悲憫之心嗎？

王逢吉　曾任電影戲劇編導、中學教師、台中師院教授。著有《菱湖戀
人》、《文學的生命》、《人生之智慧》等四十多部書。曾獲中
山學術文化基金會獎助金。現任本會顧問。

讀史側記

◆蓬丹

　　滾滾長江東逝水，浪花淘盡英雄。是非成敗轉頭空。青山
依舊在，幾度夕陽紅。白髮漁樵江渚上，慣看秋月春風。
一壺濁酒喜相逢。古今多少事，都付笑談中。

　　這闋詞章，近來在幾個朋友間引起討論，起因是我給他們
出了個選擇題：請問這首詞的作者是：一、蘇東坡；二、李賀；
三、楊慎。

　　記得初次讀到瓊瑤的《幾度夕陽紅》，就覺得這本小說書名
真是美極了，那時仍在中學就讀的我，並不知書名是引用自這首
名為《臨江仙》的詞。很久之後，我才無意中讀到整首詞章，但
也未曾深究是何人所作。反而理所當然以為是蘇東坡作的，只因
此詞的意境與詞藻，與蘇東坡那闋「赤壁懷古」有著異曲同工之
妙：「大江東去，浪淘盡千古風流人物……人生如夢，一樽還酹
江月……」便自以為是將這闋《臨江仙》的作者桂冠也給了東坡
先生。

　　但說來慚愧，我犯了不求甚解的錯，而且直到最近我才發現
自己錯得離譜。多虧近日讀了一套書，才知這闋絕美好詞非唐詩
也非宋詞，其作者是明代的楊慎。

　　我雖喜愛古詩詞，但也久未埋首故紙堆了。新知識、新資訊實在太多，每天汲汲營營、窮追不捨，就怕跟不上時代，把自己折騰得精疲力竭、面目可憎。有天睡前想徹底放鬆一下，便隨手拿起一本小說來翻閱，心想這樣比較容易入眠，那知一讀之下欲罷不能，竟不知東方之既白。

　　這一套七冊歷史小說放在架上已有一陣子，喜歡看小說的妹妹說是先在電腦網路上讀到，覺得好看就去買了回來。我這一翻，深感書序說「歷史是很精彩的」所言甚是，但要將之寫得精彩才能讓人有如斯讚嘆。我心忖：這位名叫「當年明月」的作者顯然說書講古的本事的確不差。

　　《明朝那些事兒》這部書用了很大篇幅描述一位功在社稷的兩朝重臣楊廷和，他最後卻因現在看來實屬小事一樁的案件被罷官。而寫下這首千古絕唱《臨江仙》的楊慎就是他的兒子。明武宗正德六年（西元一五一一年），楊慎錄取為進士第一名，為人稟性剛正，遇事勇往直前。明世宗嘉靖三年（西元一五二四年），因「議大禮」事件被貶至雲南，居住三十幾年，死於當地。

　　在荒僻的邊疆地帶，楊慎利用時間博覽群書，後世譽之為明代第一才子。過去的意氣風發、冠蓋京華都已離他遠去，相信他對自己的遭遇也必曾感到難以釋懷，但從世事遷變、朝代興衰的歷程中，他終於明白是非成敗轉眼成空，於是潛心著述，他的長篇彈唱敘述歷史的作品《二十一史彈詞》，敘述三代至元及明末歷史，至今仍為人所傳誦，此書第三段「說秦漢」的開場詞即是《臨江仙》。

　　楊慎一生雖坎坷起伏，但我想，如果他繼續留在官場，以他那種直言不諱的個性，或許早就被充斥在明代的佞臣、奸相、惡

宦或東廠錦衣衛之流整死了，那裡還會因其豐富的詩書文采而名垂後世呢？

不過，楊慎雖才華蓋世、著述等身，對後人來說，唐宋八大家的詩詞更通俗，名氣也因此更響亮。所以當我和幾個朋友談起這首《臨江仙》時，有人不知作者是誰，有一位卻堅持說以上所說三人皆非，他認為此詞作者是寫《三國演義》的羅貫中，因為他就是在《三國演義》中讀到這首詞的，他並振振有詞說《三國演義》寫於元末，那時明朝還未開國，楊慎則連投胎都還沒影，怎可能有作品出現在早於他年代的書中呢？

其實這正是一般人以訛傳訛的誤解，箇中奧妙就在於版本的問題了。《三國演義》可說是一部無人不知的奇書，為之評析、增刪、注釋、解讀者不知凡幾。現今通行的一百二十回《三國演義》，是清朝毛綸及毛宗崗父子依據明代版本加以修訂、並逐回評論而成的通行本。

毛氏父子為康熙年間的文學家，據考證他們對《三國演義》的文字情節做了一些更動，改變了原本較為鬆散之處，使全書更加暢達緊湊，因而成為最通行的一種版本，至今仍廣為流傳，又稱為毛評本。

原來最初《三國演義》開篇並沒有《臨江仙》，是毛氏父子在評註時將其置於卷首，後世一致認為這首精美的詞給《三國演義》起了畫龍點睛的作用，想是因此毛評本也越加受到讀者喜愛，更無人將此詞刪除。

中國的古代小說大多有版本的問題，三國如此，水滸、紅樓也不例外。拿三國來說，它最早的版本出現在什麼時候？後來又有多少個版本流傳？也就是說，到底有幾個版本的《三國演義》，諸多版本之間有什麼不同？中國至今仍有個三國演義研究

會，他們曾舉辦過十分深入詳盡的研討會，探討《三國演義》的
不同版本，其內容相當有趣味，可說再度印證了前面所提「歷史
是很精彩的」，但那又是另外一個饒富佳趣的考古議題了。

　　此外，還有一點可以證明此詞的作者是楊慎。因為我是讀
《明朝那些事兒》才發現這一事實的，而這套書在台灣及大陸都
很暢銷，如果此詞的作者是羅貫中，雪亮的讀者們早就紛紛指責
撻伐了。

蓬　丹　本名遊蓬丹。曾任圖書館員、英語教師、長青文化公司總編輯、
　　　　「環球彩虹」主編。曾獲海外華人著述首獎、台灣優良作品獎、
　　　　世界海外散文創作獎和中國文藝獎章。著有《花中歲月》、《人
　　　　間巷陌》等十多本書。本會創會會長，現任監事。

漫談

漫談 漫談 漫談

成功與挫折

◆黎錦揚

　　將近十年前，烏蘭女士在1300電台「黃昏探歌」節目中把我捧上了天。她的話記不清了，但大意謂：「黎錦揚紅得發熱，《花鼓歌》兩次躍登百老匯，電影又得五次奧斯卡金像獎提名，贏了三項。中文版《花鼓歌》同時發行，趕搭熱潮；自傳也由台北《傳記文學》連載，黃哲倫改編的《花鼓歌》再次搬上舞台，好評如潮，黃牛票在洛杉磯賣到美金一百八十五元一張，有誰會有如此的好運？一部小說可以吃一輩子，同時他用中文寫的《旗袍姑娘》也在北加州轟動推出。」

　　我正在高興時，北加州出版社的經理來了電話，她說：「黎大哥，不好了，台灣出版社說您一稿兩投，取雙重版稅，要告你了！」

　　《旗袍姑娘》先在台灣出版，後又在北加州出版，相隔六年，有理由在別家再版，如要打官司，朋友說，大概是得不償失，因為打官司要親去台灣，還要請律師，不如自動認罪罰款了事。我如法照辦，但這僅是我一生中一件芝麻大的挫折。

　　我們搞文藝的人，大多數都愛面子，往往要談好事，不談壞事。現在我已達到了高齡，不再追求名利，常常高談壞事以娛朋友，以醜事自嘲，自得其樂，同時也提醒稍有成就的文友，不要

過「枉」。我在寫作一生中，不如意的事年年有，現在就公佈使我沮喪的幾件倒楣事。

美國娛樂界，有句恭維話，叫做「斷條腿」（Break a leg）。明星接到賀禮時，賀卡上不說「恭喜」而用「斷條腿」。當《花鼓歌》在舊金山巡迴演出時，我不小心絆了一跤，果然摔斷了一條腿。倒在醫院的床上，《花鼓歌》的四位美麗舞蹈演員，代表送花，對我又親臉又擁抱，我心中暗喜，這條腿斷得不錯。

我出院回家，有香港友康太太帶來一位邵先生來看我。邵先生是位電影工作者，他問我對於中國電影有什麼意見，我說中國電影故事虛假，表演程式化，導演手法僵硬，對白不自然……等。客人離去後一小時，康太太來電話說：「你知道邵先生是誰嗎？他是邵逸夫先生，華人中的電影大王，邵氏公司的老闆！英國伊麗沙白女王授予騎士爵位，現在是 Sir Run Run Shaw，世界上首富之一！」那天，我一晚沒有睡好覺，在電影大王前把中國電影說得一文不值。有人說，他來看你可能是對你的小說有興趣，不過，我最感不安的是自己的「枉」。

《花鼓歌》電影版中演王老先生的華人演員方貝森，在電影界頗有名氣，他有一位賭友克萊夫（James Clavel）是位名作家，寫過《大班》和《慕府將軍》轟動一時。他們每年要到澳門去賭博一次。回來後方貝森打電話給我，他們讀了我的小說《處女市》（The Virgin Market），他願意演故事中的漁人，克萊夫要寫劇本，二人投資，獨立製作，提議分紅制，先付我一萬元作為訂金。我馬上打電話給我的經紀人，請他商討合作事。經紀人在 William Marris 公司做事，是好萊塢數一數二的經紀公司。經紀人在電話上聽了我的話不禁哈哈大笑。我把電話交給方貝森，方與經紀人談了一陣也哈哈大笑的結束了討論。我問方為什麼兩

人都哈哈大笑，方說：「一萬元在經紀人的眼中等於海裡的一滴水，所以他哈哈大笑；我哈哈大笑是他獅子大開口，他的要價是四十五萬元！」

我後來一想，如果讓對方與他的賭友製作了《處女市》該片可能成了一棵搖錢樹，財源滾滾而來，因為克萊夫的小說，不是做了賣座的電影，就是成了成功的電視劇，尤其是他的《幕府將軍》是與日本人合作的一部最成功的連續劇。

黃宗霑（James Wong Howe）是一位三次獲得奧斯卡獎的美籍華人攝影師，他要到香港去導演《處女市》，由香港第二大電影公司電懋公司投資，總經理鍾啟文，先約我去香港協商合作並取外景。我在香港受到了紅地毯的禮遇，鍾啟文每天陪我周遊列島取景，合作方式談成後，等黃宗霑來香港簽約，籌備攝製。在黃準備起程來香港的前夜，電懋公司老闆陸運濤突然死於飛機失事，電懋的所有攝製計劃都隨之葬送。這種倒楣事是天命，使我和黃宗霑心痛許久，但我們互相安慰，想出了一個人生哲學：「謀事在人，成事在天」。我認為這次的失望，對我的寫作有極大的好處，使我排除了「怨天尤人」的習慣。從前，凡遇上挫折常常怪自己不努力，或是怪別人在背後搞蛋破壞。

巴德舒伯格（Bud Schulberg）是小說家也是編劇家。他寫的《在水一方》由美國超級明星馬龍白蘭度（Marlon Brando）主演，曾得過多項奧斯卡獎。巴德要將《處女市》改編成電影，並且寫了大綱，請名導演羅伯特懷斯（Robert Wise）來製作和導演。我同巴德一同往羅伯特辦公室去商討合作事。羅伯特曾在遠東拍過電影，因言語不通，處處吃虧，他說這次到香港拍戲一定要找一個中國製片人來合作，當他的秘書打越洋電話時，我聽見她要找的是 Sir Run Run Shaw，即邵逸夫先生也！我暗中捏了一

把汗。我望著羅伯特與邵先生在電話中談話，臉上的笑容漸漸消失，最後他掛線搖頭，說邵氏公司有個規章，不拍窮人的電影。《處女市》中的人物，是香港的漁夫，是窮人中最窮的人。我做了一次調查，邵氏公司果然不拍窮人的故事，怕丟中國人的臉。邵先生寬宏大量，肚中可以撐船，我在香港時，在他酒席上，他還請我上坐。

　　友人歐陽璜，在三藩市任台北辦事處處長，《花鼓歌》第一中文版是他翻譯的。他後來做了駐東加島國的大使，他與東加國王做了文學摯友，常常交換書籍。他建議請我去東加王國，並寫一本書，描寫那裡美好的生活，命名為《東加王國和我》。國王看過《國王與我》（King and I）的電影，同意請我去東加，但先要讀一本我的小說，歐陽大使從我十一本英文小說中挑選了《上帝的第二個兒子》（Second Son of Heaven），以為一國之君一定會喜歡讀另一君主的故事。他將書送去後，石沉大海，杳無音訊，我終於明白我寫的是太平天國的故事，叛軍首領洪秀全，打著上帝第二個兒子的招牌，企圖推翻滿清，不料他打到南京時，自封為王、納妾、吸鴉片、荒淫無度，結果得性病和陽萎病，最後南京被清兵包圍，他服食毒藥自殺。歐陽大使來信說，東加國王愛此書如至寶，不願歸還。我不敢告訴他，東加國王見我把一個國王寫得這樣糟，他一定把我的書丟進了皇家垃圾桶裡了，如果歐陽大使沒有送錯書，可能我還在東加島國，做了國王的食客，樂不思蜀呢。

　　最近接到文友何森的信，謂會長古冬催稿，我寄上此篇，請他轉交。談到寫作的成敗和挫折，令人沮喪的事常常有，可是何森兄卻與眾不同，他和夫人年年旅遊，世界每個角落都走遍了，旅遊回來即閉門寫遊記，自費出版，每次新書發表會上又慷慨送

書，不求得失，他終生以寫作為樂事，所以他在寫作中沒有挫折，沒有失望，以人生快樂的角度來看，我認為何兄是一位真正成功的作家。

黎錦揚　魯耶大學碩士。出版十一本英文暢銷書，是蜚聲國際的知名作家。其《花鼓歌》舞台劇在百老匯上演和搬上銀幕，歷久不衰。波士頓圖書館專設黎錦揚文庫。本會顧問。

有德者必有言

◆何念丹

　　現在的社會人與人接觸頻繁，你就算躲在家裡，大門不出，二門不邁，照樣有人透過電話或上門來煩你。老中不習慣與生人打招呼，主動接觸。往往參加應酬時，老中主人疏於招呼介紹，結果一桌子生人，吃生菜沙拉，越吃越生冷。大家都怕眼對眼的接觸，避免尷尬。用完餐，各走各的，誰也不理誰。好像誰要是主動開口，結識對方，誰就損失了尊嚴似的。往往自以為有成就，有地位的人，就越是拉不下臉先主動打招呼。不過何某人這樣說也有欠公平。君不見，那些拉不下臉的人，都是因為臉如馬長，再拉豈不沒面子了？就別再氣他了吧！

　　美麗的中國人怕在生人面前講話。即使是熟人，也會謹遵古訓：「古者言之不出，恥躬之不逮也」，「君子欲訥於言，而敏於行」，「君子恥其言而過其行」。老中隨時想到「言多必失，沉默是金」的金科玉律。要是不小心漏了嘴，多說幾句輕鬆幽默的話，又怕有人譏為「巧言，令色，鮮矣仁」。孔子周遊列國，沒人聽他的大道理，氣得告訴門人說他以後不想再講話了。他還自比太陽：太陽沒說話，這世界還不是好端端的？所幸孔聖人只是一時鬱卒，否則門生後人也寫不出《論語》一書了。

　　美麗的中國人就是在這種祖先遺留下來的矛盾心態下，彆彆忸忸過了兩千五百年。筆者最怕有一種人，你若主動同他打招呼，而他的社會地位（Social Status）又自認高你一階，他會以為你想巴結他，沾他的光；就算他勉強伸出手，恩賜一握，也是有氣無力。你握到的手好像是超級市場的冷豬蹄。如果對方是一位年輕貌美，如花似玉的女子，那麼你最好假正經一點，否則她以為你主動打招呼，是想要精神強暴她。就算她懶懶地把香噴噴的五指給你一握（握指頭而已，不是手掌，沒那麼美的事），她心裡也會想：「哼！下一步想問我電話號碼？」真聰明，一猜就準。何某人幾次說秀（social），碰到這類人，就後悔不該主動熱情洋溢。

　　要是我也學著美麗的中國人，冷冰冰的正襟危坐，一副莫測高深的死樣子，豈不省了氣受？話雖如此，賤骨頭改不了，下一次還不是老毛病又犯了。

　　有些人謹守不與陌生人交談的信條，即使受邀參加聚餐，同桌客人也是大眼瞪小眼。整個晚上表現出「保密防諜」的拘謹防禦態勢。偏偏何某人不識相，主動串聯出擊。於是乎，眾食客心防瓦解，彆了一晚上「食不語」的話傾口而出。說秀結果，四維兄喜出望外地發現，坐在身邊的陌生美女，居然是他那住在高雄的，弟媳的，表哥的，小學同學的，前任女朋友，人稱八德妹，原來還是自己人嘛。

　　有些人研究禪學入了迷。你同她說話，她卻「拈花一笑無下語」。若非她後來咳嗽一聲，說句「伊可是酷死妹」（Excuse me），何某人還真以為她誤入魔道，成了啞巴呢？這種人患了「言及之，而不言，謂之隱」的初期症。還有一種美麗的中國人，你怎麼說話，他都回應你：「是是是，對對對」，就沒第二句話可以交流。難道說他今天剛學國語，只會這兩句？正疑惑

間，倏忽聽見他老兄轉身過去，跟一個志同道合的死黨，高談政治，大罵「你等會兒」。何某人不禁擲杯（不是廟堂神杯，是雞尾酒杯）三嘆：

　　一嘆：「有德者必有言。」此人不與我言，必是無德之徒。

　　二嘆：「不可與言，而與之言，失言。」這種場合談政治，
　　　　　　豈不失言？

　　三嘆：「仁者，其言也訒。」大概這個聚會裡，就數我何某
　　　　　　人不是「仁者」。

　　不過我至少還是「忍者」，只三嘆而已。

　　另外有一種人，看了人也不理睬。要是不小心跟你 Eye Contact，也擠不出笑容。何某人細細觀察此輩，其實不盡冷血，他並非不近人情。他每種場合都出席，最喜歡交朋友，只不過他堅守孔夫子：「勿友不如己者」的古訓，喜歡「與上大夫言，誾誾如也」。難怪何某人永遠得不到他關愛的眼神。這種人患了「可與言，而不與之言，失人」的末期口腔癌症。

　　中國人對於去世的人，比對在世的親友還要尊敬。平常吝於稱讚或表達對親友的情意，一但對方不幸過世，卻又肉麻兮兮地，把腦海裡所能擠出來的偉大讚美之辭，統統拋給往生之人。可惜囉，對方早已「千呼萬喚『死』出來」，讚美又有何用？對於陌生人更是理直氣壯，一概不假辭色，還談甚麼應有的禮貌？美麗的中國人，拜託你，對你週邊的人說些好聽的話。光是見了人傻笑不夠，請開尊口，不要蹩出毛病來。

何念丹　　名畫家、作家，曾任「美國中華書畫學會」副會長，並為多個社
　　　　　團幹部。常舉辦畫展，並在《歷史風雲雜誌》發表近十萬字作
　　　　　品，已出版《何念丹彩墨畫世界》及 DVD。現任本會副會長。

顏顒老師文摘

◆編輯小組摘錄

　　公元一九一九年，美國茄維絲士（Miss Anna Jarviz）在菲列得爾菲亞地方發起母親節之舉，意在安慰歐戰中陣亡將士之妻母，並定每年五月第二星期之第一日為母親節，其內容形式與精神幾乎和第一個基督教會為一位母親舉辦的追思告別式完全相同。母親節現由基督教帶至全世界，得到各地區信徒與一些非信徒的認同接納，是非常可喜的現象，因為這就是孝行。

　　一九五四年春，胡適之先生應邀在台灣監察院發表演說時稱：「我在三十多年以前，曾主張廢止讀經，經過三十年以後，我又提倡讀經，尤其特別提倡讀孝經。」他又說：「外國人說，我們中國沒有宗教，我們中國是有宗教的，我們的宗教，就是儒教，儒教的宗教信仰，便是孝經。」胡先生是國際知名的學者，他能發表上項言論，足證世界文化潮流的動態趨向於中華文化的孝經論述，應是肯定的，無庸置疑的。（節錄自〈美國母親節與中國孝經之簡述〉）

＊　　　　＊　　　　＊

　　印度古時的摩竭國王舍城東北處有一座闍崛山，山上有一種屬於猛禽類似鷹的鷲隼（Hawk），美國早期的一種飛彈就命名Hawk，因山上鷲隼非常之多，人們視為靈鳥，於是闍崛山就成靈鷲山，簡稱靈山。

　　公元前五四七年前的四十餘年期間，佛教的創始者釋迦牟尼佛，又被稱為佛祖或世尊，常在靈山聚會眾弟子講經說法，通常稱為「靈山會」。一次，佛祖最後傳講佛教禪宗法門時，眾弟子都聚精會神聽開示，佛祖走上講台沒有開口，只是拿起花微笑了一下，開示就講完了。眾弟子都感到迷惑，完全不了解是什麼意思。只有平時不笑，對佛教在衣服、飲食、住處三項要求極嚴格的規定實踐力行最圓滿，在十大弟子中稱為第一的摩訶迦葉尊者懂了而報以微笑，佛祖也知道了，這就是佛教禪宗有名的「拈花微笑」典故。

　　然而，此一典故非比尋常，意義深邃。因為，佛祖是人類有文字記載迄今修行成佛唯一的聖者，自性清淨心無絲毫任何污染，百分之百清淨如明鏡；當時摩訶迦葉尊者的自性清淨心與佛祖完全一樣，故二人心心相應，感應道交，才能接受到佛祖心印，即印證摩訶迦葉尊者確實徹悟宇宙萬有及一切生命的本體——佛。因此，禪宗不立文字，不依語言，以心傳心，謂教外別傳。由於佛祖在靈山講經說法，又發生這件神秘與神聖的大事，故靈山成為佛教聖地。（節錄自〈靈山與佛不解之緣〉）

顏　顯　曾任軍中分隊長、中隊長、教官、研發主任、教育長。著有《命運方程式》等多部書。曾獲軍中文藝創作金像獎、僑聯總會佳作獎。

佛印與東坡

◆毓超

假和尚

　　凡稍涉獵宋朝文史之人，鮮有不知有佛印其人者。佛印且是宋代大文豪蘇東坡要好朋友，人既高大英俊，且一表人才，有極深之文學修養，被稱為一代詩僧，但為人灑脫，不戒酒肉，如此人才本應前程似錦，何以成為和尚？據傳事出有因。佛印未入空門前，某年遊覽京師，對東坡云極欲一瞻皇帝風采，東坡以其一介平民，非官非宦，焉能接近九五之尊，但份屬知交，不便拒其所請，後卒思得一法。

　　東坡預知某日皇帝要陪其祖母往相國寺上香，於是事前著佛印將髮剃光，向寺僧借僧袍穿上，裝成寺中和尚，混在一眾和尚中，當可見到聖顏。於是佛印依言行事，因初見皇帝，未免好奇，乃目不轉睛，皇帝無意間見到眾和尚中一人似鶴立雞群，人才出眾，不覺稍為留意。待上香完畢，長老招待皇帝茶食稍作休息，閒談中提及有一生面高大英俊和尚，為前所未見者，法號何名？長老不知其何意，不覺驚出一身冷汗，只好照事實直說。

　　詎皇帝好奇，傳旨召見佛印，佛印無奈出來跪見皇上，經詢問一切情況後，謂汝既有意當和尚，當應汝所願，乃轉問長老

寺中有何空缺，長老云寺大人眾，因管理印璽職責重大，現仍空懸。皇帝乃笑對佛印曰：「朕現封汝佛印和尚，汝好自為之。」經皇帝金口欽定，誰能抗拒，事非佛印本意，雖非所願，奈聖旨豈能違，於是由書生瞬成和尚，一時傳為佳話。

半斤

佛印與東坡除詩酒唱酬外，彼此玩笑不恭，東坡不獨多才，且擅於烹飪。任揚州太守時，廢除弊政，政通人和，社會安定繁榮，一日閒暇無事，乃烹一五柳魚下酒，正準備自斟自酌之際，門人忽報佛印到訪，一時不知如何安放那魚時，情急之下，乃置於書架頂上。

佛印進門時已見東坡正手忙腳亂，心知必有事，乃假作不見，後見到桌上只有幾碟小菜及酒，笑謂東坡曰：「內翰生活何以如此清淡？」東坡笑答：「因生性向佛，故喜素食而已。」正對答間，微風過處，佛印嗅覺靈敏，已聞到魚香味，無意仰見書架頂上有一大碗用蓋蓋好，於是心中有數，但不點破。東坡邀其共飯，佛印稱謝云剛已用過，東坡一邊用飯一邊與佛印閒談，渾然已忘架上之魚。

閒談未久，佛印云今早寺中有幾個小和尚學習書法，其中有一人將貴姓「蘇」字之「禾」移至左邊，不悉是否仍讀「蘇」，東坡云「魚」「禾」均可互換位置，而音義仍為「蘇」，佛印又云另一人將「魚」置於草頂上，是否仍讀「蘇」？東坡答如此不成字，焉能唸「蘇」。佛印聞言不覺大笑曰：「既然魚不可置在上邊，內翰何不取下。」東坡於是將香味四溢之魚取下，佛印再不客氣，舉筷夾魚而食，東坡云：「出家人戒葷腥，焉可食魚？」佛印謂祖

師教導：「酒肉穿腸過，佛在心中坐。」無妨無妨！於是大快朵頤焉。

八兩

　　某日東坡有暇，乃渡江到鎮江金山寺訪問佛印，剛進入寺中，小和尚見蘇學士到訪，乃急足往報佛印，東坡謂彼此老友，不必通報，說罷逕直往經堂。佛印已做完功課，剛將燒好之魚置於桌上準備食用，聞聲急將魚置於磬中遮蓋起來。東坡對魚特別敏感，早已心中有數，但不動聲色，寒暄後坐下閒談中東坡云剛接到命令準備回朝，是以特來道別。佛印聞言乃吩咐小和尚準備素菜作餞別，並謂寺中不備葷腥，請其見諒，正舉杯互相敬酒時，東坡忽憶及一事，云人老記憶力日差，署中人堅要其留下墨寶以作紀念，一廚子求書對聯一幅以光門第，剛寫下上聯竟不知下聯為何，上聯：「向陽門第春常在」，佛印不覺大笑，謂以內翰之文思如此，豈真歲月不饒人耶！東坡謂苟非如此，焉會遠道前來請教，佛印乃高聲唸出下聯：「積善人家慶有餘」，東坡撫掌大笑曰：「妙極，慶有餘！磬有魚！既然磬有魚，不用再茹素矣！」至此佛印方覺上當，於是遣走其他和尚，將磬中魚取出，一共品嚐焉。

毓　超　原名倉毓超。在大陸受教育，自幼愛好舊文學。年輕來美經商至退休。晚年以文字自娛。曾在此間各大報章發表有關舊文學趣事，並將部分結集為《古今文苑拾趣》。本會理事。

新聞狂想曲

◆張炯烈

　　幾十年來，早餐食物隨年代的變遷而不斷地變化，從港式嘆茶時代的一盅兩件，演變到美式生活的咖啡火腿煎蛋，再變成為了保命而吃的綠茶麥片饅頭，而唯一從未改變的是，我們稱之為精神食糧的報紙。正版新聞是我的最愛，所有世界大事、地方新聞、天災人禍等等，無不細細研讀，唯有這樣，上班時方有話題和同事們大聊特聊，不然一班大男人，手拿 DONUT 加咖啡，有什麼可打發漫漫長日？

　　新聞者，新發生之不尋常事也，不尋常即意味事件脫離生活常軌，像戰爭爆發、恐怖襲擊、股市狂跌、山頭大火、河流泛濫、大地震、大風雪、校園槍殺、幫派火併、謀殺、強暴、行劫、欺詐等等，所有新聞無不令人心情沉重，實在是壞消息比好息消多，難怪英諺說：「No news is good news」。

　　新聞看得多了，自然就會「先天下之憂而憂」，養生秘訣常常告誡我們，不要有太多壓力、不要有太多憂愁、要保持心態樂觀。然而每天看到那麼多不開心的新聞，試問誰可以笑口常開？這些壞消息日以繼夜積壓於我們心頭，實在是把我們的「寶貝心肝」傷透了。

　　退休後，寄情於遊山玩水，經常好長一段日子不問世事，竟發覺沒有新聞騷擾的日子，過得好寫意，不聞天下事的時候，做

人輕鬆多了。那次遊罷十五天遊輪歸來，讀完十幾天的報紙，看了一輪電視新聞，外加兩本雜誌，倦極不覺進入夢鄉，來到一個天府之國，那裡的人也是我們這些自認為萬物之靈的人類，不過他們的人性裡沒有自私、貪婪、奸詐和狂妄，族裔之間和平共處相親相愛，沒有仇殺，沒有戰爭；人人豐衣足食、安居樂業，更夜不閉戶、路不拾遺。

那裡也有電視和報紙，只是他們的頭條新聞，都是世界各國總統元首，安坐在聯合國頂樓，手持紅酒在大談天氣哈哈哈，警察局長和黑道大哥在練靶場比賽槍法，法官們在法院大堂大跳探戈。地方新聞則是一班僑領名流的玉照，或某某社團的大團契活動和就職典禮，挺胸凸肚的理監事們擺出一副飄飄然的POSE，名流教授們口沫橫飛的演說辭，或一群群搔首弄姿的俊男美女粉墨登場。斯時也，記者大哥大姊們不必跑斷雙腿，只需優哉遊哉坐在記者貴賓席上，大啖魚翅酒席，工餘之時，仍精力無限，能寫出一套套長篇連續劇、一部部飛天遁地的武俠小說。身為記者置身如此境界，不亦樂乎？

然狂想不過是幻覺，夢醒之後，發覺我們這些萬物之靈，不大願意過這樣的日子，卻特別酷愛刺激，即使看場電影，也必須有血肉橫飛的鏡頭才覺得值回票價。想當年阿Q被押赴刑場的時候，魯迅先生這樣描述：「兩旁是許多張著嘴的看客……，而城裡的人多半不滿足，以為槍斃並無殺頭這般好看，覺得遊行了那麼久的街，竟沒有唱一句戲，他們白跟一趟了。」為了滿足人類幸災樂禍的心態，現在的報紙越來越厚，電視新聞更是二十四小時播不完，內容愈血腥愈刺激愈吸引人。

而新聞的題目，更唯恐不夠標奇立異，其實新聞的內容，除了幾件驚天動地的大事外，其餘的都是毫無新聞價值可言，諸

如名人的緋聞、政客的口水戰、富豪買飛機遊艇、貴婦買鑽戒皮裘、女明星搞婚外情、男明星劈腿……等等，毫無意義卻讓普羅大眾過足癮，對新聞人物又羨慕又崇拜。現代的新聞工作者，更不得不絞盡腦汁，創造出驚世駭俗的詞彙，來達到嘩眾取寵的目的。近來報章上常常出現一些莫明其妙的語言，什麼「最牛的××、最夯的××、最雷的××」；不愛應酬的男士卻被冠上「宅男」，好好一個女子硬要叫她「熟女」，白領精英麗人稱之為「白骨精」；好看就叫「吸睛」，追女孩子則叫「泡MM」，興奮時是「HIGH」，再加上什麼「劈腿」、「PK」、「轟趴」……，諸如此類的「外星文」，搞得人頭昏腦脹。

　　更有甚者，同樣的消息由於政治觀點的兩極化，在不同派系的御用文人筆下，變得南轅北轍。在現今這個世代，內容真與假都不重要了，正是「假作真時真亦假」，因為做記者的，懶得花時間去查證，而作為聽眾、觀眾、讀者的我們，更懶得去動腦筋，總之，舉凡是廣播電台、電視和報紙發佈出來的新聞消息，我們都照單全收，正如到餐館用餐，廚師煮什麼，我們便吃什麼，誰會去考究裡面放了什麼調味料，反正盤子裡的是色香味俱全的菜餚，總之吃得香甜就好。這些超級新聞垃圾，仍然時時刻刻在大唱「我在你左右」。除非有一天，哪個瘋子按下了核子彈的發射鈕，把全人類摧毀了，再由萬能的上帝，創造出一個全新的人類，沒有自私、貪婪和狂妄，或許那時的新世界，就會像我夢中的天府之國。

　　當然，新聞界裡有很多敬業的人，捱更抵夜竭誠地為大眾服務，秉持公正道德與良心來報導新聞，他們不畏強權，敢於把貪官污吏揪出來，更不懼砸了自己飯碗來為民請命，這樣的新聞工作者才真正值得我們尊敬。希望那些唯利是圖，滿腦子黃色思

想的文化界大佬，不寫那麼多無聊的八卦新聞，不登那麼多纖毫畢現的寫真藝術照，而忠實地報導各類新聞時事，則讀者們有福了。不過話說回來，這樣的報紙電視新聞，還會有人看嗎？

張炯烈　來美經商三十餘年，退休後喜愛寫作及武術研究，係楊式太極拳第四代、宮廷八卦拳第五代、形意拳第八代嫡系傳人。本會理事。

白卡的代價

◆岑霞

她一向精明幹練，沒想到臨老竟然「賠了先生又折兵」，人財兩失。

回想三十多年前，和老伴千里迢迢來到美國，赤手空拳從無到有，先替人打工，省吃儉用，幾年後終於開了家小型製衣廠，從此夫妻倆便不曾有過休假的日子，幾乎一年三百六十五天都在幹活，不時還要加開夜班，過的簡直是「非人生活」！不過，頗堪告慰的是，終於圓了美國夢，以多年積蓄購置了兩幢房子，前住後賃，那麼將來退休，便不愁衣食了。她時時為自己的精打細算沾沾自喜，深信在美國的資本主義制度下，只要勤奮工作，必然得到合理的回報。

六十五歲那年，她與老伴辦了退休，申請了社安退休金和醫療紅藍卡，滿以為從此吃飯、看病都由政府這位大家長來照顧了。事實上，剛退休那幾年，生活過得挺滿意順遂，每月的退休金雖然不多，加上租金收入，也勉強夠粗茶淡飯過日子，且兩老身體健康，即使偶染小恙，看醫生吃藥都由紅藍卡支付，自己只需交個十元八塊的自付額，所費有限。生活在美國三十多年，要算這幾年過得最踏實最安逸了。

孰料好景不常，兩前年她在公園晨運時，不小心摔斷了腿骨，前後住院達半年之久，出院時人比黃花瘦，連銀行存款也瘦

了好幾圈。這時她才驚覺大事不妙，美國的醫療費用好貴啊，絕非她手上那張紅藍卡和那點兒老本所能應付，就拿她這次住院和療養院的費用來說，紅藍卡只支付部分費用，其餘的就貴客自理了，再加上昂貴的藥物、復健師諸如此類的雜費，竟然自掏腰包付了一萬多元。回家後，身體雖然漸漸康復，可心情卻掉至谷底，想到自己精心策畫的退休藍圖，才剛開始便遭到滑鐵盧，以後年紀愈老，身體愈差，而醫療費用卻水漲船高，怎負擔得起？恐怕最後得掃地出門，連這個棲身之所都保不住！

怪不得一些親友未雨綢繆，退休前已將名下財產、房子等都轉給兒女，把自己變成一文不名的窮人，以符合向政府申請醫療白卡的資格。以前她頗瞧不起這些人的所為，現在卻有點羨慕他們，這些持有白卡的「富有窮人」，不但享受免費醫療服務，政府更奉上福利金、糧食券、老人公寓、房屋津貼、長期家庭護理等等，把他們照顧得無微不至有如上賓！另一類退休人士也讓她欽羨得很，這些人年紀大了才移民，從來沒工作過也沒納稅過，既無收入又無財產，理所當然地成了「低收入人士」，不費吹灰之力便得到政府的照拂。對這類老人家來說，美國是退休的天堂。唯獨像她和老伴這些老人，既不被歸類為窮人，也不屬於富人之列，只因手頭有點積蓄和擁有出租物業，便被政府摒棄在福利門外。她自問勤懇工作，幾十年來克盡納稅人的義務，不是說有義務必有權利嗎？怎麼沒盡過義務的人反而享有福利？她愈想愈糊塗，這個國家的「不合理福利制度」讓人心寒，它懲罰勤奮正直的人，卻間接鼓勵不勞而獲和詐騙！

她也想詐騙政府，可是沒有兒女，不能轉移財產。倒是老伴出了個主意，他說美國政府最好騙，很多非法移民辦理「假結婚」是為了騙取綠卡，如此類推，辦「假離婚」騙取白卡有何不

可？離婚後財產一分為二，各自可以擁有一幢房子、一輛汽車，和低於二千元的銀行存款，正好符合申請白卡的條件，至於多餘的款項，把它收藏在保險箱裡便神不知鬼不覺。老伴說，「假離婚」不過是官樣文章，在離婚紙上簽個名騙騙政府而已，實則他們還是真夫妻，以後照樣生活在一屋簷下，倒是她的通訊地址要改到後屋，反正房客是乾兒子一家，容易商量。在老伴舌粲蓮花的遊說下，她果真隨他到律師樓辦了「假離婚」。離婚後，老伴待她一如既往，只是很少與她一起外出，後來老伴去大陸旅遊也是單飛，據他說是為了掩人耳目，避免被人撞破「假離婚」的祕密。她好懷念以前出雙入對的日子，為了白卡，自己竟如黑市夫人般生活。幸而，終於順利拿到白卡，犧牲總算有了代價，滿以為從此可以無憂無慮頤養天年，誰知陰溝裡翻船，噩夢才開始呢！

老伴竟然有了婚外情！公然與外遇出雙入對，最近更變本加厲，揚言要與新歡註冊結婚組織新家庭，並請她退位讓賢，搬到後屋與乾兒子同住。不是說「假離婚」的嗎，怎麼弄假成真呢？她啞巴吃黃蓮有苦自己知，又不能扯他上公堂，若告他騙「假離婚」，自己也是共犯，合謀欺騙政府，投鼠忌器之下，這個暗虧是吃定了。回想起來，他滿口油腔滑調甜言蜜語，其實早已設下陷阱，以白卡為餌，誘她上鉤，如今誤上賊船，悔之已晚。她自問一生奉公守法，不謀不貪，若不是醫療費用咄咄逼人，若不是福利制度厚此薄彼，所謂不患寡而患不均，自己又怎會晚節不保，幹這偷搶拐騙的勾當呢。她暗暗感嘆，不公平的社會制度，迫使更多像她這樣的人欺詐政府，這就是美國現代版的「官迫民詐」！

岑　霞　本名李碧霞，在香港成長，旅居美國四十年，曾任教師、文員、房地產經紀及自營禮品店。文章常登載於《世界日報》，著有《人在美國》。現為本會理事。

文化無國界

◆周勻之

　　文化是有機體，也有生老病死，世界許多古老的文化都已消失，有些文明古國都已衰亡，即使在今天，世界上每年都仍然有一些文化和語言繼續在不斷消失中，但也不斷有新文化的誕生。唯獨中華文化，不但未見消失，而且還一方面同化周邊的許多文化，同時也汲取了各種不同文化的精華，使之更加多采多姿。

　　在世局的變遷中，中華文化也曾經受到過很大的衝擊，甚至一度令有些人對中華文化和自己民族的前途完全喪失信心，崇洋媚外之風盛行。但是事實證明，中華文化的優美和豐富的內涵，不但禁得起考驗能屹立於不墜，而且還日益受到重視，今天世界各地都掀起了一片中文學習熱潮，各國的中文學校如雨後春筍般的出現，華文媒體在各地蓬勃發展，華文文學也在世界各地發揚光大，各地區的華文作家協會、世界華文作家協會、世界華文女作家協會的豐碩成果，見證了這一點。

　　人不能離群而居，尤其在整個世界已成為一個地球村的時代，任何一個地區的事件，無論是政治、經濟、重大的文化藝術活動、新的科技發展、戰爭、社會動亂、天災，都會在瞬間傳遍全世界，影響到每一個角落，因此任何一種文化都不可能是孤立的，區域合作與文化的交流已成為必然和必須。

　　文化無國界，是再確切不過的事實。

　　以我們居住的美國為例，她是一個由各民族組成的國家，一向以「民族的大熔爐」（melting pot）著稱，各種文化的融合之後，在維持各自文化特色的同時，更產生了相容並蓄，更有創意、更加優美、實用和更受歡迎的新文化，所以今天很多美國人提出了「沙拉碗」（salad bowl）的說法，也就是在一個由各種菜色組成的大沙拉碗中，每一種菜餚仍能保有自己的獨特風味。

　　正因為如此，美國政府甚至鼓勵各族裔的移民，要好好保留和發揚自己的文化，他們把這些文化也視為美國文化的一部分。美國人也在努力學習世界各國的文化，美國的交響樂團到韓國演奏了韓國家喻戶曉的《阿里郎》，在華人社會會演奏《茉莉花》。再如義大利的通心粉和pizza、猶太人的begal，早就被美國人視為是美國的食品，中菜征服了世人的胃，而廣式的飲茶文化進入美國後，點心（dim sum）成為英文，豆腐（tofu）和風水（feng shui）也上了英文字典，功夫影片進入世界市場之後，功夫（gongfu）成了英文單字，李小龍（Bruce Lee）和成龍（Jackie Chan）也名滿天下，美國衛生福利部還撥款研究太極拳，因為它有防止老年人跌倒的功效，而發行十二生肖郵票、舉行春節遊行和端午龍舟競賽，更成為美國和許多國家的盛事。

　　之所以如此，華人在各方面的表現，以及華文媒體的不斷鼓吹有重大的貢獻，使世界各國的各族裔都能瞭解和欣賞中華文化。

　　華人在異國他鄉，人數上是少數，政治、文化、宗教都不是主流，因此在區域合作與文化融合方面，我們首先要得到主流的瞭解、欣賞和接受，然後才能談到合作與融合。但要使主流瞭解和欣賞我們的文化並進而接受之前，我們必須先要對自己的歷史

和文化有所瞭解與認同，並且要懂得瞭解、欣賞和認同主流和其他的各種文化。每一種文化都有她的優美和實用之處，都有值得我們學習和借鏡之處。新加坡各族裔的語文共存共榮，曾經在台灣流行的《梭羅河畔》，就是印尼有名的歌曲，《玫瑰玫瑰我愛你》也被翻譯成英文歌曲 Rose, Rose, I Love You，並歷久不衰，黎錦揚的《花鼓歌》，在美國風行了半個多世紀。即使是強勢的英語，到了世界各地也發展出了有各地特色的英語，現在有新加坡式英語，甚至連中國的洋經濱英語 long time no see 都已經為美國人所接受。因此只有在瞭解和尊重對方的文化之下，才能使別人也欣賞和尊重我們的文化，並且願意合作，進一步交流與融合。

海外華人因為具有雙語甚至多種語言的能力，在傳揚自己文化和汲取居留地文化方面佔有極大的方便和優勢，而華文作家在這方面能發揮的功效，所扮演的角色也就更加顯著。早期的林語堂博士，用英文寫作向西方大量介紹中國的文化、風土人情；早期台灣在美國的留學生，把美國的文化、生活方式、在美華人的情況和留學生的處境，傳播到世界各地的華人社會，他們對美國瞭解中華文化，對華人瞭解美國做出了相當大的貢獻。

由於環境的關係，有些華人的母語已經是當地的語文，雖然他們已不懂華文，但中華文化的的意識仍然潛藏在他們的思想和表現在他們的生活方式中，尤其難得的是，他們仍然認同、尊崇中華文化。湯亭亭教授、譚恩美以中國背景和凸顯中華文化的著作都在美國享有盛譽。美國一位施麗莎（Lisa See），只有八分之一的華人血統，外形已經是百分之百的美國人，但仍舊回到廣東台山她曾祖父的家鄉尋根，並且在一九九五年出版了一本他家族歷史的著作《金山：我的百年華美家族》（Gold Mountain: One Hundred Year Odyssey of My Chinese American Family），成為紐約

時報排行榜上的暢銷書。賽珍珠（Pearl S. Buck）以中國為背景的作品《大地》（*Good Earth*），還得了諾貝爾文學獎。

因此廣義的華文文學，可以定義為：凡是以中華文化為背景的作品，都可視為華文文學。由於華文文學的廣為流傳，加上華人在各行各業的出人頭地，使世人瞭解，海外華人並不都只是開餐館和開洗衣店的。

我們一方面可以用自己最熟悉的母語，傳播中華文化，同時也具備從當地語文吸取其他文化的精華，這是我們寶貴的資產，我們可善加運用。加上現在的科技發達，網路無遠弗屆，幾個鍵盤一敲，就可立刻傳出作品，聯繫到各地的文友，以現在的設施，在任何一個角落，都可編輯任何地方的刊物，在區域合作與文化交流上，我們現在具有更好的時機和條件，相信在我們大家的共同努力下，區域合作與文化融合的前景必定會是一片光明。

周勻之　筆名周友漁，曾任記者，紐約世界日報篇譯主任及週刊主編，大學講師，作協北美總會秘書長，曾走訪近三十個國家地區，出版《記者生涯雜憶》、《美國透視》等書。本會會員。

我家的秘密和陽光

◆吳懷楚

　　我家一共養了兩隻貓咪。這兩隻貓咪都有牠們的名字，一隻叫秘密，另一隻叫陽光。

　　祕密是一九九八年春，在雪花走了大約半年左右，女兒的男友知道我們喜歡貓，因而就把牠送給我們。秘密擁有一雙藍寶石般，清明又圓亮特大的眼睛，和一身黑灰相間虎斑紋顏色的毛。

　　據女兒的男友告訴我說：秘密是來自北歐的混血貓種。雖說我喜歡貓，但對於貓的學問，我著實從來都沒有認真下過一番功夫去研究。所以，關於秘密是名種與否，對我而言，倒是無所謂，反正牠是貓一隻。

　　秘密——牠的脾性十分高傲和孤僻，不大喜歡接觸人，喜愛獨來獨往，除非是牠主動前來找你尋吃，又或是當天氣冷時，牠才會乖乖的走過來親近你讓你抱。不然的話，你想要靠近牠簡直就是難於上青天。就算你僥倖把牠捉住，強行抱牠一下，但當你把牠放下來時候，牠就會一面走，一面回過頭來，用一種很不友善的目光望著你，同時粗聲粗氣的向你連連做出幾聲短促叫喊，那就是表示牠非常憤怒，在向你提出抗議罵說：「我都不喜歡讓你抱，而你為甚麼還是強要把我抱著。」

　　至於陽光，牠是兩年前的二〇〇八年冬天，我收養的一隻流浪貓。

　　還記得那是一個雪花飄絮的日子，適逢我休假在家，女兒從外面回來。當她進入屋內時，我見到她抱著一隻全身黃澄澄純金色毛的貓，樣子長的蠻可愛，牠躺在我女兒手上，一雙眼不住來回環顧屋內週遭環境，口裡則不時發出「貓嗚」「貓嗚」沉重叫喊聲。

　　「阿琴！妳從甚麼地方又抱這隻貓回來？小心等會人家把妳當作偷貓賊看待，那就麻煩了。」我對女兒說。

　　「爸！你放心好了。這是一隻很可憐的流浪貓，牠的主人剛搬家，忍心把牠丟棄了。」女兒一面說著，一面低下頭看著貓兒，用手輕輕撫摸著牠的頭。

　　「妳憑甚麼這樣肯定？」

　　「是樓下那位南茜阿姨說的，牠在外面流浪已經有好幾個星期了。我有留意到，牠在雪堆裡找東西吃和喝冰水。像這麼冷的天氣，要是沒有人對牠加以援手的話，牠不冷凍死也會餓死的。所以我就決定抱牠回來養，爸你就可憐把牠收留下來吧。」

　　聽完女兒這一番說話，我走近貓兒用手摸了牠的頭一下，再望向窗外不停飛飄的雪花，登時動了惻隱之心，答應了女兒的要求。

　　由於貓兒擁有一身金黃燦耀的顏色，因而我女兒就為牠取了「陽光」這個名字。

　　陽光的脾性很溫柔隨和，不像秘密那般兇惡。起初，秘密不喜歡陽光，經常找牠麻煩，而還好的是，無論秘密對牠怎樣兇，牠都能夠容忍下來。而我想大概陽光這種忍讓精神，慢慢改變了秘密對牠的看法，致使相處日子久了，秘密和陽光都能夠彼此遷就而相安無事。

陽光和秘密的性格是兩極化。秘密喜歡靜，而相反，陽光最怕是寂寞。即如在進餐時，我們為牠開了一罐貓食，但牠從來不會獨自先吃，牠必定等待我和女兒用飯時才一起進食。

不過，陽光我最欣賞牠的是，牠非常善解人意。當我每晚在讀書和寫作的黃金時間裡，要是我過了半夜還未睡眠的話，牠就會跑到我的腳邊，然後用牠的前腿攀搭上我的大腿上，輕輕的叫喊一聲。牠的意思好像在勸告我說：「都這麼深夜了，為甚麼你還不睡覺。」

然後在早上，大約是七點半到八點之間，牠一定會前來，用牠的頭不住在我的腳底來回廝磨，然後輕輕低叫兩聲，意即告訴我說：「快起來，該是起床的時候了。」

寫到這裡，眼見陽光又向我的腳邊走來，我望向牆上掛鐘，正好是兩點十分。陽光牠又兩條前腿搭上我的腿上，輕輕的「貓」了一聲。我用手輕輕的摸了牠的頭一下說：「陽光乖，我知道了。」

有時候，我在想：動物尚且有情若此，況且是人！而往往，最無情的還是人，難道作為一個萬物之靈的人，還比不上一隻識性懂事的貓兒嗎！

吳懷楚　上世紀六〇年代至七〇年代，作品散見於越南西堤華文報章及港、台雜誌。三十年前移居美國。曾獲得「台灣僑聯」兩項散文獎、一項詩歌獎、三項小說獎。著有散文集《此情可待成追憶》、《夢回堤城》、雜文《寒鴉集》及詩集《我欲挽春留不住》。

水仙花
──參觀黑龍江農業專科學校花卉培植園有感

◆文驪

　　在黑龍江又見水仙花。

　　憶起媽媽是最愛水仙花的。秋的開始，我家的客廳總是擺著一大圓盆的水仙花，散發著淡淡的香氣，一進入客廳就會覺得心曠神怡，精神為之一爽，因為那淡香我很喜歡。

　　水仙是水洗為骨，碧玉為肌，不事鉛華，渾然天生的無塵有韻花，那薤葉秀且聳的姿容，和蘭香細而幽的氣質，自被陳思王（曹植）沒來由地扯拉上凌波綽約的洛神底關係後，清麗雅致的芳名，不知撼顫了多少詩人墨客，從而催生了多少扣人心弦的琬琰之章，盈篇累牘地，歷代而不絕。

　　舞文弄墨而未加諦察詳究的文士，大抵均被曹子建橫逸的才華與優越的文筆，所撒下的鮫紗輕霧式的煙幕所蒙蔽，是故才有「香魂莫逐冷香散，擬學黃初賦洛神」，以及「風流誰是陳思客，想像當年洛水人」……等不一而足的詩文流露，倒是陳旅君一語中的地予以戳穿：「莫信陳思賦洛神，陵波那得更生塵？」

　　究其實哪！「人中的水仙」，根據越絕書的說法，該係蘭聲動吳市的蘆中人──伍子胥（今錢塘江畔仍有水仙王廟，自樂天於遊上廟後，特寫一絕以寄蕭律：「三年悶悶在餘杭，曾與梅花醉幾場，伍相廟邊繁似雪，孤山園裡麗如妝」，而拾遺記則強

調：道道地地是三閭大夫屈原。蓋伍屈兩公均忠誠謀國而結局卻壯烈地志願與浩瀚的波臣為伍，其贏後代千千萬萬人的崇敬是不在話下的，正因如此，人們除由衷的景仰外，總因其實無可能彷彿洛神那樣窈眇宜備的令人發思古之幽情，於是寧願選擇鑒空憑虛而捏造的，而委棄了可歌可泣的，此為眾所週知的「人中水仙」的由來。

時至今天，經學人多方考證的結果，咸認「洛神」係曹植影射著「乃嫂甄后」的有感之作，單想思的氣味濃得化不開，誠如是，則「水仙」因時地的異同，而為兩位眉鬢與一位胭脂的共同稱謂了！且鼎足而三地分佈於湘、洛兩水及錢塘江畔，在國史的上古暨中古兩章上敝開「水仙人物」不談，且看秀色天香的水仙花，其原籍係武當山谷中的的多年生草，並賦外白中黃莖幹虛空如蔥，故當地人士稱其為「天蔥」。

天蔥的先天，具有不可或缺的基本條件——水！水為它的不可一日無此君的生命線。從另一個角度來看，顯然地，它的導管較為發達，故需大量的水份供應，依同理，吸收養份的篩管，也不比導管遜色。

它那婉麗的姿容，似薤又似蒜，長著並行脈的蔥葉，均賦叢生，花莖就生於葉叢之間，花形如緻，均可分為兩種；單瓣大如簪頭，狀若酒杯，五尖上承，質地澄黃，宛然盞樣，逐被詩人命名為「金盞銀台」——扶桑人士，抹去金盞兩字，概稱銀台！另一種千葉者，花皺，下輕黃，上淡白，不作杯狀，是為雅俗共賞的「玉玲瓏」，也稱作「真水仙」。

如是秀越，如斯瑩韻，香可長駐達十日而不散的水仙花，其塊狀形的鱗莖根，所需的基本食料——氮、磷、鉀與尿素，決不下於其他植物。王象晉在他的「群芳譜」中，就以老圃的資格，

明白地指出其種植的過程：「（水仙）種植，五月初收根，小便
浸一宿曬乾，拌濕土，懸當煙火所及處。八月取出，瓣瓣分開，
用豬糞拌土植之，植後不可缺水。訣云：

　　六月不在土，七月不在房，
　　栽向東籬下，寒花朵朵香。

　　寒花朵朵香的水仙，多被喜愛有餘的雅士，捧為「女史
花」，而雅愛稍嫌不足的則貶為「蠟梅的清婢」。說是清婢，未
免封建氣味太濃厚了些，而委實污辱了這位「玉昆相倚帶仙風，
壁立春風萬卉空」的「凌寒鬥士」。詩人于若瀛詠得較為得體：

　　水仙垂弱蒂，嫋嫋綠雲輕；
　　自足壓群卉，誰見梅是兄？

　　客觀地說，它既「前接蠟梅，後接江梅」，才是百分之百的
「歲寒戰友」呢！黃庭堅很敦厚地予以禮讚著：

　　借水開花自一奇，水洗為骨玉為肌，
　　暗香已壓酴醾倒，只此寒梅無好枝。

　　只此寒梅無好枝，在萬卉萎枝的風雪肆暴裡，它──水仙花，
不讓臘梅專美於前地來點綴著大地的寂寥，職是之故，東坡居士於
主政臨安（今杭州）時，即以之作為敦礪名實，激濁揚清的象徵，
逐把妻梅子鶴的「孤山隱士」林和靖的神位自其家祠中遷出，配食
於錢塘江畔的「水仙王廟」中既白樂天詩中所稱的「伍相廟」。

黃山谷認為此係移風易俗的先聲，不可無詩以誌其盛：

　　錢塘昔聞水仙廟，荊州今見水仙花，
　　暗香靚色撩詩句，宜在林逋處士家。

　　當茲寒風起於蘋末，人們於「掇置膽瓶，吾今得吾師」之餘，難道該漠視於它底「卓哉有遺烈，千載不可忘」（朱熹水仙花賦）暨「氣與松篁夷，獨立萬槁中」的奮抗式的「凌寒精神」嘛？（本文參閱叔父的著作《中國花卉史》記載之「如何養水仙」。）

文　驪　本名張麗雯。大學畢業後從事寫作、繪畫，現在研究院研究中國古董。本會前會長，出版《賽金花》等多部著作，曾獲台灣文藝書香、兒童文學、國軍文藝多種獎項。現任本會監事。

談探險

◆張德匡

　　不久前看到一條消息把我嚇出了一身冷汗，在佛州一個渡假勝地的海底巖洞中，發掘出了三百多具潛水人的屍體。多是因為探險者迷戀海底五光十色的美景，愈潛愈深，可是那蛛網迷宮般的隧洞，進去容易出來難。想到那些在電池氧氣用盡前，開始絕望掙扎亂鑽的人們，是多麼的無助和悲慘呀！於是立刻打個電話給遠在東部工作的女兒，希望平時喜愛上山攀岩下海潛水的她，少到那些危險的地方去。沒想到她卻很鎮靜的說，那些故事她的教練早就說過了，太深的洞穴她們是不會去的，只有那些沒有受過訓練的人才冤枉地送了命。

　　我天性喜愛遊走探險，據說少小時在家鄉就常常到處去遊蕩。從小看到大，父親為我這「浪子」好動的性格很惱火，總認為順從文靜好學的，將來才會有出息。誰知這種性格來到台灣後更變本加厲，小學時常去探尋「新航路」，從兩排房子中間狹窄的水溝上，彎彎曲曲地鑽進別人家花草扶疏的後院裡，感到充滿新鮮和刺激。又常常一個人跑到深山古廟中，追求異樣的境界和驚奇。不時踫到毒蛇和蜘蛛，有次還被馬蜂追刺得滿頭是皰兒。

　　記得有次到金山露營，半夜醒來被浪潮之聲吸引至海邊，黝暗中見遠處有一孤島，遂褪下了衣褲朝它游去，想體會一下夜泳

的滋味。大約有個二百來米吧，在昏暗的天幕下仰泳向前，漆黑溫暖的海水溫柔地托扶著我，好像既不恐懼也沒有什麼新奇，只感到一群小魚在大腿上啄食有些麻癢。事後聽說，金山靠近淡水河口，漁產豐富，鯊魚常在夜間出來覓食，時有鯊蹤。當初完全沒有考慮那麼多，現在想起來還心有餘悸哩。

上蒼在賜給了我這麼一個要命的性格後，幸好又附加一個小禮物「膽小」，否則像我這麼粗心的人，可能早就被閻王給拘提去了。我雖然喜歡小山小水的玩兒，可是真的面對太險惡的山水時，還是心存畏懼，不敢造次，生怕會出意外，落得個不治的傷殘而遺憾終身。來美後常想一個人到山裡去瀟灑一番，體會那天人合一的奇妙境界。但老美上山常會帶槍，情況有時很難掌握，更不提還有上千隻飢餓的熊狼和山獅正在等著你。總之人是想得愈多膽子就愈小。

我有兩個孩子，姊弟倆都像我既好動又愛找刺激，雖都成人且已工作，但為此我仍常擔他們的心。美國孩子從小便被教育要有冒險犯難和開創的精神，也正是這個精神締造了如此富強的國家，但在這頂奪目的光環下，卻也不知造成了多少無謂的犧牲和悲劇。他們抱怨我既愛談自己的往事又常干涉他們的喜好，實在太矛盾。我只能講這矛盾也是人生的一種常態，有時也許還是件好事哩。

張德匡　在美經營電影院二十多年，近年投入研究推廣美語音標，並製作美語音標碟片。出版有《豆情集》等書。本會理事。

認識洛城作家

◆葉宗貞

　　去年九月，有幸朋友愛美麗邀請我一起去聽農晴依的作家演講會，在那兒碰到周愚，周大哥。當時看他在那兒很忙，散會時和他打聲招呼，問他還記不記得我先生，當我報出名來時，他說當然記得。

　　其實和周大哥認識也該是很久以前的事情，他和我先生是空軍總部的同事，當我們從紐約搬到南加州時，還記得他請我們一家到他府上，周大嫂準備了一頓豐富的牛排晚餐，我盡最大的努力只能吃到三分之一，非常可惜。那次也是我第一次正式和周大哥、大嫂見面，之後各自搬了家，彼此失去連絡，有幸在二十多年後再度相遇。

　　空巢期有較多的時間來做自己想做的事情，自己的興趣也是多元化的，每樣事情都會沾一點。當然塗塗寫寫更是少不了，所以在世界家園版裡得到一點發揮所長的餘地。有幸周大哥的注意，加上朋友愛美麗的鼓勵（愛美麗和周大哥也是認識的），這樣的緣份上和周大哥又連繫起來了，也該算是文緣吧。周大哥推薦我參加洛城作家協會，真有點讓我受寵若驚，我問夠資格嗎？

　　只因寫作是我業餘的嗜好之一，又因我非常喜歡看別人的文章和小說，可以感受到寫文章的人那時的心境。文章是一種自己的想法、看法，一種抒解，一種情感的傳達，和一些人生的故

事，一些敘述事情的真象透視，讓人能瞭解社會的形態，發生了什麼事，需要的幫助，那是需要文筆的宣導，給低落和沉淪的人正面的思想和鼓勵，不是一味的批評和指責，這是對社會的責任。

我也喜歡以文會友，作家協會裡有這麼多的名氣作家，常常在報章雜誌、書籍裡看到他（她）們發表的文章，那生花妙筆各有所長，讓人羨慕不已，也讓我有這個機會向名作家們多多學習，提升寫作的境界。

某日周大哥給了一些早期的洛城作家雜誌，也讓我瞭解這個協會創辦還真是不容易，尤其現在都是email時代，各個都在看、用電腦，當然電腦的好處不少又方便，資訊也很豐富。相對的對書籍、雜誌來說是沒有電腦那麼方便，按個鍵就可找到需要的東西，可是電腦看多了，螢幕的反射對眼睛的傷害還真的很大。

我是比較喜歡有觸摸感覺的人，拿起書報雜誌一頁頁的翻閱，感覺上比較親密，電腦比較硬、冷。在不得不情況下才會用電腦，我愛帶著書走到哪看到哪，且看到好的文句可以劃圈劃點，也可隨時擱放。而手提電腦常要隨時插電或充電，擱置也要小心。

再說二十多年前電腦還不普遍時，人們都是閱讀報章雜誌，看到好的消息、文章彼此很快的分享、談論，有交流的暢快。現在都是對著電腦埋頭苦幹，已失去人與人之間你一句，我一句那種樂融融交談的樂趣。

出書是非常辛苦的，那是靠許多人的一股熱情和任勞任怨又出力的精神來持續，應給予多多鼓勵和支持且要好好地珍惜。

葉宗貞　祖籍四川，一九五一年生於台灣、新竹，一九八〇年三月來美住紐約，一九八四年十月移居南加卅，畢業於東洛杉磯學院，目前在洛杉磯社會福利局任職及慈濟診所和慈濟癌友會志工，業餘寫作，散文發表在《世界日報》家園版。

立法院中的「老實鳥」

◆營志宏

　　自從「形象立委」某君，與「香奈兒熟女」攜手走入薇閣汽車旅館的事爆發後，立法院被媒體形容為「滿園春色關不住」，「春城無處不飛花」。我們這些曾在立法院待過的人，免不了又被朋友們取笑調侃一陣子。

　　記得我還是立法院新鮮人的時候，報上就出現過一篇惹人注意的報導，說「立法委員們平均每人有七個婚外女朋友」。我狐疑地打量身邊的同僚，他們竟有這般能耐？並憤憤不平：「是誰佔了我的配額，怎麼我一個都沒有」？

　　台北政界的飲宴文化，我也幾乎是個門外漢。差強可以言之的只有一次，國民黨很有名的 L 委員，擺下生日宴，也邀我參加。那是在忠孝東路樓上，幾乎找不到入口，也不對外開放的一個招待所。房間裡是一張二十人席位的大桌，一女二男組成的小樂團在旁演奏。

　　彈琴的小姐，清麗可人，氣質出眾。一會兒她也出來唱歌了，那可是「一曲清歌，暫引櫻桃破」。唱的也是有點水平的歌，絕不是《七彩霓虹燈》之類的。我端著杯子想像，古代文人聚宴，席間聽歌，大概也是這般光景吧？

　　那個女孩，除了向大家敬酒，並未坐下來。在場諸公（並非

尊稱，是指他們是雄性動物），也能自重；除了必須忍受他們上去唱歌用破鑼般的嗓子牛吼外，那餐飯吃得還算愉快。至於傳說中的范菊妹（或飯局妹），始終沒有出現。

幾天後的某日，我從院裡回到自己的研究室，看到那位小姐在座，不禁嚇了一跳。原來她也兼做業務公關，帶來一份小禮物和雅緻的卡片，希望我常到那裡擺宴。她不知道我這人單純得很，並不需要大陣仗地請客。因此之後從未照顧過他們的生意。

我領略過的招待所文化，大概就這麼一次，以後就再也沒有了。說實在的，有「粉味兒」的場合，誰要找這些食古不化正經八百學者教授出身的新黨立委參加？真是懶得理他們！

至於那位L委員，後來又出了大事。某日新聞上說，他到旅館召女「辦事」，付費時有爭議，應召女氣不過把他的手提箱帶走。L委員聰明一世糊塗一時，竟叫助理向警方報案，這事因此爆發出來。有趣的是，案發現場就是我們所住立委宿舍「大安會館」旁鄰大街上的「××大飯店」，L委員竟然在窩邊吃起草來？我怎麼樣也想不通。日後我每次走過該飯店，都不免要向內張望，看看有沒有「本院同仁」在裡面鬼鬼祟祟探頭探腦等候妹妹到來。

我因為是「僑選立委」，任職期間太太仍在美國照顧家小。我在美國的朋友常常「使壞」，在我妻面前攪和：「台北的漂亮妹妹那麼多，妳怎麼能放心？」我太太卻是氣定神閒。原因第一是「知夫莫若妻」，她知道我向無此癖好。二是她也到台灣「視察」過，立法院的交通車司機，和大安會館的櫃檯職員，一見她就搶著報告：「營委員呀，每天早上七點十分就坐交通車到院裡，晚上六點又坐交通車回來。從來不亂跑。」我因此平安無事，心想做好人還是值得的。

　　我一向沒有架子，跟司機職員們打成一片。某週末我在大安會館，忽然接到交通車司機的電話：「營委員，有沒有事？要不要一起去『地下舞廳』散散心？」我吃了一驚，心想你也未免太過分了，怎麼陷害我，要帶我去這樣的地方？當然不去。後來才知道，出國二十年台北早有變化，「地下舞廳」已不是我想像中的色情場所，而是普羅大眾純粹練舞跳舞很便宜的地方。但是我聽到「地下」兩字還是受不了，等一下員警來臨檢，查獲立法委員一名，那還像話嗎？

　　清者自清，濁者自濁。有一次，記者跟我說：「委員，我們知道你是很正派的。因為我每次晚上打電話給你，電話那頭的背景聲音都很單純。」我很感謝他們明察秋毫。

　　新黨當時的副秘書長延惠君，是從舊金山回去的，原本就熟識。有一天晚上十一點打電話給我，發現我已經上床睡覺了。她大為稀罕，之後逢人便把這事當笑話講，說：「晚上十一點鐘，別的委員都在外邊徹夜笙歌花天酒地，營志宏居然已經上床睡覺了。真是個奇人！」

　　立法委員要想學壞，那是太容易了。平日接觸到的女性特多，豈止是范菊妹而已。人家看你在電視上口沫橫飛，在議場裡把大小官員罵得臭頭，神氣威武，大為傾慕。殊不知這些人多數是金玉其外，敗絮其中。脫了「立委」的外衣，胖肚子俗仔一個。

　　喜歡異性，那是人之本性。孔老夫子不也跑去見「南子」女士，惹得弟子非議，差點鬧出緋聞來嗎？是不是能做正人君子，只是在你是否能把持得住罷了。

　　有一回半夜，我又被電話吵醒，是一位常來採訪的美麗女記者，她輕聲道：「出來玩好嗎？」我吃了很大一驚，連忙默唸了幾句文天祥的《正氣歌》，定下心神，而後斷然拒絕！

　　其實立法院還是有勤勤懇懇的委員，週末抱著一大堆預算書回到大安會館苦讀的，而且藍綠各黨都有。把立法院說成了「桃花窟」，那就像洪蘭教授說台大醫學院的學生上課睡覺吃泡麵一樣，未免以偏概全。大家切莫要一竿子打翻一船人，好讓我們這些從不偷吃的「立法院中的老實鳥」，也能維護自己的清譽！

<hr>

營志宏　台大政治系畢業、政治大學東亞所碩士、美國偉迪爾學院法律博士。曾任立法委員、國民大會代表。現任美國聯邦及加州律師，並為本會理事兼法律顧問。出版有《美國移民法》、《留學法律常識全書》、《旗正飄飄》、《護國軍》、《立法院風雲》、《營志宏評論》等書。曾獲時報雜誌第三屆評論文獎。

足印

足印 足印

冬日黃山「四遊神」

◆谷蘭溪夢

　　一九九九年一月，覺得有些沉悶和煩心的我，真想衝進廣闊無垠的原野或是空靈幽深的山谷，將自己的心靈放飛並沐浴在大自然創造的萬水千山之中。

　　我心想事成了！我的兩位攝影「發燒友」——嚮然和李程，對聞名遐邇的黃山冬景，早已心嚮往之，與之一談，一拍即合。當然，李程忘不了帶上他熱戀的女友林雲。

雨夜裡的「月亮」

　　黃山的氣候變化多端，如小孩的臉，陣雨過後又顯尊容。如果運氣不佳，一連幾天陰雨，山上就霧朦朦一片，難「識黃山真面目」了。上山的第一天，老天爺就給了我們一個下馬威：整個黃山霧氣瀰漫，細雨飄零。從玉屏樓索道出來，幾乎見不到其他遊人。黑黝黝的山巒，肅穆險峻，雲霧繚繞；吹襲的山風，如馬良的神筆將霧氣揮來抹去，勾勒出變化多端、黑白相間的長卷：似一幅濃淡相宜的水墨山水畫！這種虛無縹緲的美，讓我為之一振，拿出相機「咔咔咔」，拍下了幾張「煙雨山水圖」。特別是李程為我們其餘三人拍的那張合影，雖然穿著雨衣，卻笑得無比燦爛。

　　本打算當天取景前山，不想玉屏樓綺麗的風光盡藏於雨霧之中。我們只好在此住下，期待明天的雲開日出。那天夜裡，我們喝著從山下帶來驅寒的白酒，吃著可口的小吃，天南地北，談興甚歡。無意間，我們發現了一個奇怪的現象：一輪圓月掛在遠處的天空！怎麼可能？在這冬日的黃山，難道有什麼法使它的雨夜別有一番景致？是我們的眼睛看花了還是幻覺？無論我們怎樣推測，最終還是找不到一個合理的解釋。

　　早晨起來，雨還在下著。再等下去，我們三天兩夜的黃山之旅就要「泡湯」了。抱著惋惜的心情，我們在拍了一張「霧中迎客松」之後，冒雨向北海進發。當我們途經昨晚那個視窗時，所有的疑團終於迎刃而解：原來那輪「圓月」竟然是一盞離窗口很近的路燈！天啊，這是一個多麼美麗的「騙局」！那輪「圓月」只是一盞路燈在光與水還有霧的化學作用下，互相輝映，折射出來的神奇幻象！

雪夜裡的「仙境」

　　我們穿行在雨霧中的蓮花山和光明頂景區。路上行人稀少，偶而碰上一兩個，不是挑擔送貨的，就是撿拉圾的清潔工。沿途的「蓬萊三島」、「一線天」、「鼇魚洞」等景觀既不能欣賞，更無法拍攝。唯有「百步雲梯」給我留下了深刻的印象。它既窄且陡，好像要與地面垂直，只能容納一個人行走。我跟在李程和林雲的後面，感覺不是特別費力就登了上去。然而，當我回頭看走在後面的嚮然時，他卻氣喘噓噓，上上停停，那本來有些胖胖的身體在厚厚冬裝的包裹下，顯得更加圓滾滾的。這個曾經獲得攝影作品獎的「發燒友」，背著大小不同的鏡頭、專業相機、三

腳架和行李，著實像一隻可愛的「大笨熊」。

　　到達北海景區，雨不僅未停，還夾雜著雪花在天空中彌漫開來，而且越來越猖狂。「冬雪」雖說是黃山「五絕」[1]中的極品，但不知下到何時為止？那天晚上，我們坐在北海賓館的大堂，商討著是放棄、無功而返？還是拍不到黃山的冬景決不收兵？終於我們作出了艱難的抉擇：李程和林雲按原計劃返回，因為他們要上班，不得已；而我和浩然則時間自由，決定退票守候。

　　當我們走出賓館大堂時，眼前突如其來的景象讓我目瞪口呆：深藍色的天空繁星點點，皓月當空。風停了，雨停了，雪也停了。銀色的夜空顯得異樣的寂靜、清幽和空靈，唯有朵朵白雲簇擁著飄進山坳，輕輕地、悠閒自在地，像戀愛中的情侶，蕩漾在深山峽谷之中，環繞在我們的周圍；厚厚的積雪將一顆顆奇松裝扮成玉樹瓊枝。剎那間，我彷彿誤入仙境！我們一掃兩天來心中的陰霾，興趣昂然，披著柔情似水的月光，信步走向始信峰。在那裡，我們碰到一位來自北京、露宿在野外的專業攝影師。他的敬業精神讓我們感動不已。他說：為了捕捉美麗的大自然風光，他跑遍了許多的名山大川，披星戴月，餐風露宿，為的是在幾千張的照片中篩選出一、二張得意的精品。

寒冬裡的「熱烈」

　　從始信峰回來，我們小憩了一會兒，凌晨四點多就起床，穿上賓館給的軍大衣，帶上攝影器材，徑直走向獅子林觀景台。

---

[1]　黃山五絕：奇松、怪石、雲海、溫泉、冬雪。

　　那是我見過的最完整美麗的日出和最熱烈壯觀的雲海：當初升的太陽從地平線下露出圓圓的頭頂，並從兩座山峰之間射出幾道金色的霞光，我眼前的雪松晶瀅剔透，閃閃發亮。前面山峰的周圍，濃雲密佈，似大海的怒濤，又似飛流直下的瀑布，不斷滾動著、席捲著，奔向山的「港灣」。那種波瀾壯闊、浩浩蕩蕩、不可阻擋之勢，好像蘊藏著一種巨大的、一發不可收的生命爆發力！而當太陽升起，陽光普照，深靉色的濃雲已變成雪白，一簇簇的，濃密茂盛處夾雜著些許的淡藍，鋪天蓋地，一望無涯。真可謂「海到盡頭天是岸，山登絕頂我為峰」。

　　我們四人猶如「猴子觀海」[2]，處於山峰之顛，白雲之上，「夢筆生花」[3]處，與寒冬、朝陽、山峰、雪松、雲海，進行了一次多麼浪漫而又氣勢磅礡的人與大自然的直接對話，譜寫了一曲多麼激越而又扣人心弦的人與大自然和協互動的生命交響樂！

　　日出之後，我們又去了始信峰。如果說月光下的它是朦朧、神秘和夢幻的，那麼藍天白雲下的它顯得更加艷麗動人，多姿多采。陽光、白雲和風不僅給了它色彩和層次，更賦予了它千變萬化的動感和靈性。我就差沒像「詩仙」李白一樣撲進它的「懷」裡，但不住的高喊「太美了，太美了」，甚至攀上十分險峻的山頭，一口氣拍了三個膠卷，這不禁讓我的同伴為我捏了一把汗：「快下來，你這個瘋子」！

　　再後來我們繞道西海，經光明頂，又回北海，一路馬不停蹄，取景、拍攝。儘管幾個小時後濃霧又飄然而至，淹沒了整個

---

[2] 黃山奇景，獅子峰北一座平頂的山峰上，有一巧石，如猴蹲坐，靜觀雲海起伏，人稱「猴子觀海」。

[3] 黃山奇景，在黃山東北部，一石挺出，平空肇立，下圓上尖，像一枝書法家的鬥筆。而峰尖石縫中，恰長有一株奇巧古松，盤旋曲折，綠蔭一團，宛如盛開的鮮花，故稱「夢筆生花」。

黃山，直至我們先後下山前，我們還是搶拍到了不少引以為傲的照片，特別是我那張以北海酒店為點綴的「雪景北海」，放大後我又帶到了美國，至今還擺放在我洛杉磯家中的壁爐上，幾乎所有見過它的朋友都把它當成了一幅國畫！

　　十多年過去了，黃山在剎那間顯露出來的神采與風韻，如驚鴻一瞥，永遠凝固在了我們攝影作品的瞬間，它連同我對三位同伴開心和默契相處以及興趣愛好相投的記憶，永遠印在了我的心中，讓我終生難忘！

谷蘭溪夢　原名丁麗華。美籍華人。曾任雜誌社記者、編輯和上市公司企業報主編及業餘節目主持人、電視劇演員。現任北美洛杉磯華文作家協會理事、湖北同鄉會副會長。作品散見於報刊與雜誌。

依舊深情

◆莊維敏

　　放學時候，一位吳姓家長趁著接孩子之便，塞給我一包食物：「這是我剛才從叔叔家摘來的桂圓，好甜好甜，老師妳就趁著新鮮，趕快吃掉吧！東西不多，聊供打打牙祭罷了，請勿介意！」「什麼？在美國也可以栽種桂圓樹啊？這可是我頭一回聽到哩！物以稀為貴，這真是『珍品』，我得『省吃儉用』呢！謝謝妳讓我分享這樣特殊、昂貴又難得的新鮮水果，這份盛情，可真令人感動！」

　　八年前暑假，第一次帶女兒回台灣，台南水交社空軍眷區內的老家，桂圓樹在蟬鳴季節裡，與熱鬧的蟬聲共舞，透露無盡的昂然生意，但見纍纍果實，盈盈下垂，粒粒圓熟，秀色可餐，六歲的女兒康寧，小小的個頭，騎在舅舅肩膀上，認真而努力的肆意採擷，並且邊摘邊吃，嚐盡美味與興奮，好不得意，那開心的模樣，始終是我們心扉間最難忘懷的一頁美麗記憶。

　　女兒從此愛上桂圓，除了它香醇甜美之外，我想外婆家的攀摘樂趣，應該是最大的一份情愫吧！只可惜，緣於眷區改建，老宅被封，女兒想重溫舊夢的盼望，畢竟成空。這些年，我們又回了幾趟台灣，眷區的所有屋舍都已淨空，無電無水，已經成為空城，為了防止宵小及流浪漢在其中滯留做亂，政府用鐵柵欄杆

包圍封鎖，即使我們遠從美國返鄉，竟也不得其門而入，便縱是強烈地感受到歷歷往事好像隔著時空的窗口，對我們頻頻招手呼喚，而我們卻只有輕嘆咫尺天涯，端是無奈地在欄外眺望的份；但見雜草叢生，斷垣頹壁，一片蕭條，滿目滄夷，心頭真有說不出的惆悵，不解世事的女兒還頻頻詢問：「媽媽，外婆的桂圓樹真的再也碰不到了嗎？」她心心掛念的事，只有一回的邂逅經歷，而我念茲在茲的卻是伴我大半生成長的故園回憶，正低迴徘徊在昔日時光的依依傷懷中，自顧不暇，又哪有心緒安撫她的桂圓之戀呢？

回到家，我小心翼翼地打開塑膠袋，可想而知，一家人面對這稀奇的禮物，張著大眼睛驚叫的神情，體貼的先生首先放棄享受的權利：「我牙齒痛，不能吃上火的食物，就留給諸位好好享用吧！」

女兒自是迫不及待地抓住幾顆就往嘴巴塞去，「媽媽，好棒！跟外婆家的桂圓一樣的甜，只是再也不能回到妳的老家去了，我真的真的好想台南，好想那年摘桂圓的時光！」她在講話中透露無限神往的表情，真令人動容。而癡呆的老母，更是喃喃自語不斷：「哇！我們家中的桂圓樹這個時候，想必又吸引一大堆調皮小孩的偷採了吧？等明年我回台灣時，一定要吃個夠，吃來吃去，還是我們老家的桂圓最是碩大肥美！」

這一老一少，各說各話，都觸動了我感傷嘆舊的心弦。失憶的母親即便是在新家也住過好一陣子，但她的記憶卻一直鎖在久遠前的曾經，我忍住已至唇邊要和她爭論的話語，想想說了也是白說，徒然費神，引起不快，何不就讓那份貼心的過往煙雲，在她逐漸枯竭萎縮的腦中生根吧！而女兒的喟息，我亦無力挽回，連安慰的勁都提不起，畢竟，這就是人生，她終究要從失去之中學會長大的啊！

　　「人情懷於故土」，一夕故園情，那首「菩堤樹」的歌，突然在我的腦海中此際萌生了：

　　　　井旁邊大門前面，有一顆菩堤樹，我曾在樹蔭底下，做過甜夢無數，我曾在樹皮上面，刻過寵句無數，歡樂和痛苦時候，常常走近這樹，常常走近這樹。

　　其實，對老家的那顆桂圓樹，我心中繫掛的情衷，不亦如斯？
　　今晚，緣於這包桂圓，激盪起我們一家對故鄉老厝的一片「依舊深情」，這層層翻騰如波濤般的濃烈思念，可真不是一時可以平靜的呢！

莊維敏　在台南曾任商職。移居美國後任中文教師。曾多次獲文藝及資深優良教師獎。著有《飛夢天涯》、《兩代情一生愛》等書。

安德魯的葡式蛋撻

◆張棠

　　若干年後，當我們回顧華人點心史的時候，我們一定不能相信，港澳台的華人與非華人曾經如此為「葡式蛋撻」瘋狂，就台灣一地，在一九九八年就創下每月吃掉「兩百萬個」葡式蛋撻的驚人紀錄，是什麼神奇的力量讓我們在突然之間忘了卡洛里，忘了膽固醇，幾近瘋狂的吃葡式蛋撻呢？

　　蛋撻（台灣叫蛋塔）並不是什麼新花樣，蛋撻的「撻」，就是英文的tart，一三九九年，就有英格蘭國王亨利四世以蛋撻宴客的紀錄，在亞洲，自一九四〇年起，蛋撻就開始出現於香港茶樓。蛋撻層層酥脆的外皮，香甜可口的奶油蛋黃餡，剛剛從烤箱拿出來的時候，滑嫩鬆軟，香甜酥脆，我們味蕾的芳心立即就被擄獲了。

　　葡式蛋撻的葡文是pastel de nata（pastry of cream），英文叫egg tart或custard tart，在港澳簡稱「葡撻」。葡撻的特色就是在蛋撻烤好以後，撒上糖粉與肉桂粉再烤，等糖粉烤焦了，糖焦就在蛋撻的表面形成了大小不等的咖啡色斑塊，這些赭黑色斑塊，分佈在深黃色的奶油蛋餡上，粗獷華美，香氣四溢，葡撻的魅力，盡在於此。

　　說來叫人難以相信，葡撻的始作俑者居然是十八世紀葡萄牙「Jeronimos Monastery 修道院」[1]的修女，因為修女們每天要用大量的蛋白來漿燙制服等等，她們就把剩下的蛋黃，做成了點心。一八二〇年葡國革命後，許多宗教都在被禁之列，「Jeronimos Monastery 修道院」也被迫關閉，據說修女們的蛋撻食譜就在那時流到了民間。

　　然而把葡式蛋撻帶到澳門的人，卻不是修女，也不是葡萄牙人，而是英國人安德魯（Andrew Stow）。

　　安德魯生於英國，擁有藥學學位，一九七九年他在澳門找到工作，開始與澳門結緣。安德魯學的是藥學，對健康食品極有興趣，他曾特意去當時澳門葡菜最有名的凱悅酒店當學徒，後來升為餐廳經理。在凱悅時，因為他是經理，又是英國人，就得了一個 Lord Stow 的名字，這就是後來他麵包店叫「Lord Stow's Bakery」的由來。

　　有一回安德魯到葡萄牙度假，在首都里斯本的貝林（Belem）區，吃到以前修女們所研發的葡撻，覺得味美無比，就回家潛心研究。一九八九年，他在澳門路環開了一家西點麵包店，開始出售經他改良的葡國蛋撻（一種以「英式奶油蛋黃餡」為餡、少糖的蛋撻）。於是風靡台港澳等地的「澳門葡式蛋撻」，就在這家貌不驚人的小店中誕生了。

　　一九九七年安德魯與太太離了婚，離婚之後，他繼續經營路環老店，而他太太 Margaret Wong 則在澳門半島開了兩家「瑪嘉烈」葡式蛋撻店（Margaret's Cafe e Nata），並把葡式蛋撻的秘方和新產品開發權賣給「肯德基炸雞店」Kentucky Fried Chicken

---

[1] 「Jeronimos Monastery修道院」，位於葡萄牙首都里斯本的貝林區，最近被修復，與附近的貝林塔並列為聯合國的世界文化遺產。

（KFC），藉著 KFC 的行銷，一九九〇年末以「瑪嘉烈」為首的
葡式蛋撻，有如野火之燎原，在台港澳各地掀起了一股瘋狂的葡
式蛋撻熱。

　　二〇〇六年安德魯榮獲澳門政府頒發的「旅遊功績」勛章，
同年十月二十五日，他清晨慢跑回家後，哮喘病發作，突然去
世，只有五十一歲，他的妹妹繼承了他的蛋撻店。

　　基本上路環的安德魯餅店至今仍保持著老店原貌，店面樸實
無華，店內空間狹小，只要站上五、六人就會顯得擁擠，唯一叫
人知道這餅店輝煌歷史的，是門口牆上掛著的一個中英雙語招牌：

Lord Stow's Bakery
澳門安德魯餅店
Estd. Macau 1989
創立於1989年澳門
Creator of the Egg Tart now famous throughout Asia
始創馳名亞洲蛋撻

　　安德魯為人低調，不愛與媒體打交道，但他喜歡在店中與顧
客周旋拍照，就在他去世前的幾天，有位旅行業者，恰好與他合
照留影，從照片看來，安德魯戴著眼鏡，身穿白色烹飪圍裙，一
副糕餅師父的打扮，但他身材適中，容貌優雅，當我忘情地大啖
葡式蛋撻時，我都會安慰自己⋯⋯嗯！不怕，看看安德魯，吃不
胖的。

　　葡式蛋撻的美味，是不容置喙的，至於哪裡的葡式蛋撻最好
吃，人人都說自己吃過的最好。口味是見仁見智的事，吃蛋撻要
吃它的酥脆香甜，葡式蛋撻酥皮層次多，趁熱一口咬下去，既酥

又脆，一直酥到心裡，蛋撻表面上的幾塊黑色糖焦，更是一看就能叫人饞涎欲滴，不能自己。

當澳門葡式蛋撻風靡之時，坊間就有「沒去過安德魯，就等於沒到過澳門」的說詞。現在澳門葡式蛋撻的「瘋潮」已過，安德魯已不在人世，但對很多人（例如我）來說，澳門葡式蛋撻黃澄澄的色澤，層層酥脆的外皮和帶著迷人黑斑的奶油餡，仍是難以抗拒的誘惑。

葡萄牙里斯本貝林區的修道院在一八二〇年以後就關閉了，而該修道院修女們所研發出來的蛋撻，不但現在仍在葡國貝林區熱賣（就是貝林蛋撻 Pastel de Belem），而且在修道院關閉了約二百年後，還能在港澳台造成轟動，由是可知，真正的美味是不會過時的。在美味當前時，我們就像熱戀中的男女，頭腦不管用了，卡洛里、膽固醇這些本來就不討人歡喜的詞彙，一下子，全都隨風飛去了。

張　棠：工商管理碩士，從事市場行銷研究。自一九八三年起開始寫作，著有《海棠集》詩集，另兩本書正在出版中。曾任本會理事。

歡樂一日遊

◆何森

　　今年天氣變異，暴雨連綿，雖然可以紓緩加州的嚴重缺水，但卻出入不便，更遑論去旅遊了。大家都七老八十，感嘆時日無多，更應及時行樂，因聞明朗假期旅行社新推出的「豪城雙暉＋水都遊船一日遊」，去過的朋友都很滿意，一日之間玩足四個美景，只收費五十大元，還包括早餐、門票和船票，大家都說：「抵玩到極。」

　　濟濟一車，十分熱鬧。連日來我打開電腦看「十日天氣預報」，遺憾的是，大部分時間都是大雨或陰天，心情早已冷了一截，因為連綿大雨，不但走路困難，相機淋溼，影相效果很差，幸而教友們已紛紛禱告，祈求上帝保祐，信不信由你，當日天氣放晴，大家笑逐顏開，齊齊說：「明朗假期果然明朗。」

　　上車一望，六十二個座位並無虛席，靚女導遊黃小姐笑臉迎人，她派給各人糯米鹹卷、香蕉和兩瓶礦泉水，第一站是灰石豪宛（Greystone Mansion），它座落在著名的比華利山麓，掩蔽在好萊塢大明星的豪宅叢中，沿途所見，都是門高狗大的別墅，花圃裡的鮮花綠草，襯托上參天的古松和棕櫚，簡直就是一幅美麗絕倫的油彩。

　　這一座巍峨的古堡和瑰麗的花園，是石油大王杜亨利，在九十年前耗資興建，城堡圍牆，都是用鋼筋混凝土澆灌，所以外

型古典雅緻，而且十分堅固，經歷幾次地震，都毫無損傷，它是由名建築師哥頓、卡夫曼設計，他仿效十二至十六世紀西歐盛行的尖拱式風格，再加入新古典主義的建築式樣，顯現出工藝精緻的豪華氣派，二樓臥房的視窗和大洋台，都可以鳥瞰洛杉磯市的全景，餐室設有安全櫃，用來放置名貴的金銀餐具，豪苑的底層設置了養狗坊、救火站、游泳池，在北翼還設有電影室、劇院、保齡球室、圖書室和溫室，屋外的樹蔭下，還可以放置檯椅，作為社團、旅行團、學校的餐飲，據說也曾在此開音樂會，生日或結婚宴等。

　　由於古堡的雄偉和秀麗，又靠近好萊塢片場，所以許多電影和電視劇集，都曾以此為背景，例如：《終極保鑣》（*Bodyguard*）、《驅鬼師》（*Ghostbusters*）、《伊斯特威克女巫》（*Witches Eastwick*）、《蜘蛛人》I、III（*Spideman I & III*）以及《國家寶藏》（*National Treasure*）等等。

　　古堡佔地十三畝地，它共有五十五間房，十四座花園，最後落成耗費三百一十萬元，在一九六五年，因家庭的恩怨情仇，只好將豪苑出售，多年來主人花費大量心血和巨資，卻沒有福份享受，說來十分可惜，團友們對此故事很感興趣，追著靚女解謎，黃小姐笑著道出真相。

　　原來豪苑的開路先鋒，是愛德華羅倫斯‧杜亨尼，他生於一八五六年，自幼就喜歡探險，對荒漠很感興趣，促使他發現金礦乃至石油，一八九二年他在墨西哥和加省發現蘊藏很豐富的石油，於是成為巨富，他結婚生子女後又離婚，本擬把豪苑傳給獨子內德，但因飛來橫禍，內德被秘書槍殺身亡，同時禍不單行，杜亨尼又涉及一宗賄賂醜聞，使家族蒙羞，於是主人便在一九六五年，將整幢豪苑及花園等，以一百一十萬的價錢，賣給比華利山市政府。

　　美瓊聽完很傷感說：「想不到不愁衣食的富豪，也有悲慘

的故事，可見有錢並不是最幸福。」我答：「兩夫婦白頭偕老才是最幸福。」她說：「偕老當然好，但最好不要白頭。」答曰：「這個易辦，明日我們一同到西來寺，請大師為我們剃光頭，連染髮劑也慳番。」

大夥聽了又笑了一陣，跟著上車去到第二個景點農夫市場（Farmers Market），這是市區旅遊車必到之處，原來美國上一次經濟大蕭條時（一九三四年），由於農產品價賤，有十八個農夫，窮極思變，就在好萊塢鬧市的一塊空地上，擺賣他們的水果和農產品，由於果品新鮮，成本低廉，交通方便，所以很受廣大民眾歡迎，久而久之，已發展到一百六十四個攤位，又因為是國際遊客蒞臨之地，所以也出現各國著名的美食，例如日本料理、韓國鉄板燒、義大利匹薩、法國西餐、泰國美食、美國漢堡及炸雞、巴西烤肉，以及我國的正宗美食（粵，湘，川，台灣小吃和上海菜等），琳瑯滿目，各取所需。

我們曾到過巴西兩次，對那馳名世界的烤肉，還是念念不忘，於是選定一間巴西烤肉店，未到門口已經聽到迷人的森巴舞曲，好像又回到聖保羅，拿起菜單，也印有一隻牛，用英文及號碼，標明牛的各部分，任由客人點選，待燒好後，侍者會用鋒利的長刀，割切給客人享用，如想再要，可將面前的小瓶倒轉，侍者便會再來切肉，因為巴西牛肉世界馳名，侍者云牛肉都是由巴西空運來美，費特說：「真想不到，不必坐飛機，花幾十元就去一躺南美。」，我說：「更加不用駭怕大鬚子的恐哥哥了。」

遊罷古堡的朋友，便紛紛坐下點菜，大快朵頤之餘，又逛街購買鮮果，或「血拼」紀念品，從心所欲，皆大歡喜，有些團友則去排隊，乘坐免費的小火車，不久聽到叮噹聲響，只見他（她）們招搖過市，大家互相揮手，一片昇平歡樂的景象。

　　大巴從市區轉出海邊的公路，海風徐來，空氣清新，沿途欣賞了寧靜浩瀚的太平洋海景，只見活潑的一群群海鷗在展翅飛翔，偶然俯衝而下，捕食游魚，懶洋洋的海豹，躺在沙灘上曬太陽，平素我們蝸居鬧市，難得一睹這樣怡人的美景，正在遐思，導遊已用麥克風告訴大家：第三個景點是格蒂莊園（Getty Villa）已經到了，希望大家一定要守時，因為最後一個節目，是更精彩的「遊船河」，於是大巴停在豪華莊園的門口。

　　主人保羅・格蒂在一九四五年買了瀕海山麓富豪住宅區的馬里布一塊六十四英畝的土地，建造了這個模仿古羅馬鄉村別莊的莊園，作為展覽他收藏的藝術品之用。原來這位名人，也是因為石油而致富，他兩三歲時已經是一位百萬富翁，他嗜好蒐集藝術品，也具有出類拔萃的鑑賞能力，他財力雄厚，交遊又廣，所蒐集的大都是驚世的珍品，例如繪畫大師凡高、畢加索、拉維爾等的作品，路易十四到拿破倫時代的裝飾藝術品，十四至十九世紀法國荷蘭義大利油畫大師的作品，而以古羅馬和希臘的古物，作為主要的收藏品，例如有兩千多年歷史的赫勒海斯神的石像、眾神之王的宙斯、戰爭女神雅典娜以及太陽神阿波羅等石像，都是價值不菲的藝術品。

　　飽覽了十分豐富的藝術品以後，大家都好像上了一堂上古歷史課，我最感興趣的是「特洛伊戰爭故事館」，有一個大花瓶，彩繪了希臘聯軍的英雄狄奧米德斯，用長矛刺死國王索斯的情景，真是栩栩如生，不覺使我想起兩年前，第二次去土耳其時，曾經到特洛伊參觀，並在大木馬上留影，回美後還看過《木馬屠城記》的影碟，館內的古物共有一千四百多件，且各依不同主題，分別在各館展出。

　　上到二樓，又見到浩如煙海的陳列品，例如墓園的雕像、古

代動物、宗教祭品、珠寶和硬幣、鷹頭獅身的有翼怪獸，以及古希臘羅馬和埃及的藝術品，所有展品都可以拍照留念，這也是本館獨特之處。

在西元前三百多年，亞歷山大大帝東征西討，早已把羅馬希臘埃及和土耳其的文化混雜和交流，形成了地中海獨特的文化，創造了藝術、建築、繪畫和雕刻等風格，它們的遺產（包括基督教在內）延續到今天，從陳列品看來，其影響十分深遠，在小戲院內，放映展品的資料，以及古希臘羅馬和伊特魯里亞的藝術和文化。

這座別墅的建築風格及庭園的設計，都是模仿第一世紀的羅馬鄉村別莊，但具有歐州皇家的宮廷氣派，當我們走出室外，見到長方形的噴泉水池，艷麗的時花綠草，雜處其間的玉石雕像和銅像，在太陽下閃閃生輝，百草園中的植物，不少是來自地中海的品種，例如開花的灌木，做香料及藥用的草本植物，以及亞熱帶的果樹等，別墅還設有自備的蓄水池，不管氣候如何變化，都能保証自動灌慨，因此植物的生長十分茂盛，莊園的東邊有一個小花園，用花彩的碎石和貝殼，鑲嵌成別緻的圖案，顯得特別高貴和典雅。

按照羅馬宮殿的式樣，別墅設有可避風雨和艷陽的走廊，並分為內廊和外廊，它們都由一排排的列柱支撐，柱上雕塑的花紋，大都以大自然植物的樣子作為題材，列柱對稱的豎立而富有藝術性，園外的地面，採用不規則的平整麻石，仿照義大利古城龐貝和赫庫蘭尼姆的街道而鋪砌，這種古老的多角形路面，就是羅馬古道的鋪路法，看來主人夢想時光倒流，一覺醒來，就見到兩千多年前的古羅馬。

回到車上，雖然參觀走得很疲倦，但團友們都很興奮，覺得收獲很大，尤其讚賞格蒂父子能夠將多年來的珍藏，捐獻給政

府，又將私人別墅改成博物館，供世人欣賞，這種無私的高尚情操，真是可歌可頌。

　　導遊問：「大家看完後有甚麼感想？」來自大陸的陳教授說：「展品及花園都非常好，主人的無私奉獻，更是令後世人敬佩，可見洋資產階級並不全是壞蛋，我們只要抓到，那逃美的四千多名無產階級貪官（全部是「長」字輩），追回那貪污的五百多億美元（華文報載），拿來建十座這樣的莊園都有餘，只是不知如何去捉拿這些敗類？」李小姐馬上說：「這有何難，據說大陸正在反腐，只要請胡老兄多派些便衣，到拉斯維加斯及澳門，看看那個『首長』下注十萬以上，就押他返北京，保証錯不了呀！」

　　離別格蒂莊園，大巴已到達太平洋海邊的奧斯納市，為免旅途寂寞，黃小姐特別買了詼諧搞笑的影碟，給大家欣賞，講了幽默笑話之後，又來個有獎猜謎，梁景鈺醫生連中三元，大家歡呼祝賀，此時已是夕陽西下，到達海邊的奧斯納水都，只見市區相當整潔清靜，因為下班時間已過，街道車輛稀少，一些大樓，華燈已熾，我對此城並不陌生，因為十多年前，我曾在這裡的ITT（電子工程技術學院）教書，而今舊地重遊，未知舊同事是否健在？學生們想已畢業他去，因念及世事滄桑，變幻莫測，不覺感慨萬千。

　　正沉思間，汽車已停在第四個景點：水都船遊（Oxnard Duffy）水都的碼頭。在內河的旁邊，一眼望去，河的兩旁都是新簇簇的百萬豪宅，它們的屋後大都有一個私人碼頭，旁邊繫上一艘艘流線型的遊艇，但不少豪宅的房間都暗淡無光，導遊說，這些豪宅的主人，大都是一年間只在夏天才來避暑，平時都是空置，不過要請人維護花園草地，飼養寵物，保安以及保養遊艇等開支，一年下來也要數萬元。

　　劉太太說：「你送一輛遊艇給我也養不起。」吳先生說：「這裡遊客如鯽，你可以用艇來賣艇仔粥，好像廣州的荔枝灣那樣，保証你生意興隆，再買多幾幢豪宅也未定，如果要請人看門口，記得通知我，也不枉大家有緣同遊呀。」

　　電動汽船達菲（Duffy）是用直流蓄電池作動力的小艇，它的名字來自紀念發明人馬歇爾‧達菲，他原是一位高爾夫球的高手，在三十三年前（一九七七年），他將球場交通用的摩托車之馬達，拆下來安裝在小艇上，再裝上螺旋槳和駕駛盤，便成為一隻輕便安靜的小遊艇，既安靜也環保，他作夢也沒有想到，目前達菲已在世界各地廣泛使用，而且被世人公認為最舒適的電動遊艇。

　　達菲的建造是按照海軍的規格設計的，它是用手工壓製成層疊的輕金屬薄片製成，所以堅固耐用，外型美觀，沙發和檯椅都是採用耐磨，抗海水腐蝕的優質柚木製成，所有的零件，都是按海軍的標準規格生產，達菲還採用（即學即會〔Plug and Play〕）的駕駛技術，使乘客一學就會，大家輪流駕駛，更增添不少樂趣。

　　我們的船有十位乘客，幸而大家都是亞裔身材，幾位女生又減肥成功，所以沒有超重，由高大威猛機靈醒目的林秉文學長掌舵。

　　不久，一位秀麗健美的洋小姐跳上船來，大家以為是那位學長的新女友，原來她教授如何駛船，她說：「操作簡單，保証五分鐘學會。」眼見天已墨黑，其他各艘遊艇，已陸續離岸啟航，但林主席和洋小姐好像是一見如故，傾得「難捨難分」，大家都心急如焚，老李低聲對我說：「奇怪，林兄是醒目人，這等小兒科，那裡會難倒他？」我說：「成龍說，大家都是男人，劃公仔不必劃出腸也。」

　　好不容易，我們這艘「墮尾鴨」才姍姍起行，她急急追趕前面五隻遊艇，穿過一條條拱型石橋，又轉了幾個灣，穿梭於環

繞著運河所建成的海港鎮，不覺想起幾年前，暢遊義大利威尼斯水都的情景，那穿著花衫戴闊邊帽的船伕，高唱拉丁情歌的浪漫鏡頭，還歷歷在目，但此時已無心暇想，老馬云：「我們離群獨航，再找不到旗艦，電池就像我的荷包那樣，越來越乾，搞不好今晚就要在艇上過夜，早知如此，我會把蚊油帶來，否則回去洛市，女兒來接，只見兩隻梅花點熟香蕉了。」

此時周圍的河面，已越來越黑，艙裡卻越來越靜，儀表指示的電池壽命也越來越短，由於河道迂迴，又無航標指示，手機不通，求救無門，幾位耆英老太，已頻頻取出紙巾，無情的時針卻不停在走，達菲小姐仍然無目的地漂流、驚慌、肚餓、寒冷，好像一個無家可歸的被棄孤兒，深夜在街上流浪，大家也不敢埋怨舵主，因為他掌握著我們十條可憐蟲的命運，如果他受刺激失了常性，誤扭油門，快速衝撞富人碼頭或遊艇，或翻船落水，不淹死也凍死，唯一可做的只有閉目禱告。

幸而上帝保祐，岸上團友見我們超時未歸，也無任何音訊，擔心我們已餵了大魚，黃小姐不愧是現代花木蘭，她親自駕船來找，驚險一幕才算結束。

船抵碼頭，大群團友都拍掌歡呼，只見甫一靠岸，一位老太太跳上碼頭，步履如飛奔向餐室，大家都以為她餓壞了，豈知她先生說：「她上船前，在『星巴克』飲了一大杯利尿的熱咖啡，這次真要多謝林主席加速回航，否則這艘潔淨美麗的達菲，就變成洗手間，我的老情人又要出洋相了。」大家笑罷，返回車上，還不斷回味著難忘的美景，和有驚無險的刺激一日遊。

何　森　筆名新生，電腦博士，曾任大學教授。擅寫旅遊文章，已出版《暢遊世界七大奇蹟》、《漫遊玻璃天橋》、《寶島八景》等七本書。

空小之橋

◆董國仁

　　若說「空小之機」，那不稀奇，空軍的舊飛機多的是，連台南市成功大學的閻羅王等幾位校長和教授們到官校上上課、交流交流就能要到飛機，何況「空小」這塊肥水之田，「落架自己的飛機，當然要得囉！」（川話，「空小」專用語言），還可能找到孩子們的爸爸、叔叔開過的舊飛機。可是一說到「空小之橋」，我就確信在台灣成立的十三所空軍子弟小學（以下簡稱「空小」）的學弟學妹們肯定不知道，就是國民政府在大陸時期空軍的二十九所「空小」中，也定然有二十三所是不曉得，知道的只有餘下的六所，它們是抗戰時期大後方四川省成都市的六所「空小」。

　　民國二十七年十月，中央軍事委員會蔣委員長下令，要成立第二所訓練飛行作戰的「空軍軍士學校」，之前第一所是在杭州筧橋成立的「中央航空學校」，七期時遷昆明後改名「空軍軍官學校」。那年歲暮，「士校」就成立了附設子弟小學，是為抗戰時期大後方的第一所「空小」，也就是唯一有橋的「空小」。隔年四月航委會（空總前身）政訓處的簡樸處長，找到杭州筧橋全國第一所「空小」的陳鴻韜校長，先後在駐有很多空軍單位的成都，又成立了五所「空小」，並派任為空小總校長。他曾多次

蒞臨「士校空小」視導，並帶領老師學生前來參觀這個唯一有橋的「空小」。「士校」在七期停辦後，「空軍通信學校」遷入，「空小」遂又附設於該校，後再遷往岡山，又改名「岡山空小」。

「空軍軍士學校」因是訓練飛行作戰人員，故建築設備都力求完善美觀。負責建設的邱總工程師還在校旁，一塊竹林內有桃李等果樹的「市外桃園」的空地上，蓋了好幾排有地板的磚瓦房和幾間司令的官舍，那時大部分的鄉下房子都是草房。他還在學校後門口建造了一條有護欄的長木橋，以方便近半數的空軍子弟可以過河上學，這就是我們的「空小之橋」。

這座「空小之橋」，除了負責空軍子弟上下學外，它還是座「囍橋」，很多空軍的新郎倌偕同新娘來這裡辦個簡單的婚禮，並拍攝結婚照片留念，也有專程來此補拍婚紗照片的，因這裡有細水長流的「願景」，和有永浴愛河的「祝福」，更有「空小」學生充當花童和提供免費花朵、丁曼萍老師捐出來的新娘禮服，以及音樂老師伴奏結婚進行曲，那時的風琴不重、搬到橋邊還可以上上鏡頭。

抗戰末期一切從簡，很多時候婚禮儀式中的花童和禮服，都在減免之列。第一個開例的是丁曼萍老師，她的新娘禮服是用過期的降落傘縫製的，婚禮的花童不是只有兩個，而是長長的兩排，「空小之橋」第一次成了張燈結綵的花橋！綵帶和花童的服裝都是老師和同學們用指甲花染的，好美、好可愛！姹紫嫣紅的花瓣代替了紅地毯，散發出比法國香水更芬芳清雅的天然香味；橋的兩岸綠意盎然，竹枝和楊柳垂向河流水面，親切地與流過的水波一一握手，下游彎曲的河谷發出如同雄渾的男低音，與鳥兒的女高音在和唱，形成了奇特悅耳的和聲旋律，羅曼蒂克極了。此時男老師用竹杆舉起大串鞭砲，點燃了婚禮的序幕，炮竹聲

未停，音樂老師的腳已經用力踩風琴，並抬起雙手按下「5111、5271」與和音，隨後小提琴家費曼爾阿姨又演奏名曲、老師指揮的「空小兒童合唱團」和小樂隊也來助興，加上河流伴奏的大自然樂曲，可真給婚禮來了個「樂」上加「樂」。「空小之橋」使這場婚禮顯得更為完美！婚禮也給橋留下最美好的紀錄！

丁老師這件奇特的新娘禮服，後來便存放在教員辦公室的玻璃框內，免費供新娘借用，登記簿上的前三名借用者，都是我們「空小」的女老師呢。

當時演奏小提琴的費曼爾阿姨，也是個鋼琴家，更是打敗日本在歐洲歌劇院駐唱「蝴蝶夫人」首席女高音的中國音樂家，可謂多才多藝。後來她在台北歷史博物館舉辦回顧展，我還特別請了兩週年假，開車陪費阿姨去電台接受訪問，和去大千大師故居憑弔，她是張大千大師結拜的么妹。她的弟弟是我五叔和新郎的朋友，常帶我們幾個同學去南虹藝專聽費阿姨的音樂課，和吳作人大師的美術課。

邱工程師的小兒子邱宗明同學，就是在這「空小之橋」上，學泰山的吼叫而出名的，那時成都的戲院正上演西片《人猿泰山》，因而讓這座「囍橋」更加出名了。我們這班同學也常在橋上唱歌、爬樹跳水、在橋下騎牛吹笛，還和橋上的女生對唱兒歌，搶接她們撒下的花朵，以及看橋上談談笑笑的行人。「空小之橋」縮短了兩岸的距離，她把兩岸拉在一起了，陌生人因她而成為朋友。老師曾在橋上做過我們的學生，向我們請教、如何坐在橋上把兩腿伸到欄杆外，優悠自在地的睡覺而不會掉下去；我們還教他們如何用雞腸釣螃蟹，和在河裡石下摸螃蟹捉魚蝦。後來才知道，原來老師是在借此解釋甚麼叫「不恥下問」！週末時，老師也常被我們拉下水，真箇是師生在水中「打成一片」

了！水淺時女生也來玩水。這就是「筧橋精神」——父兄們生死之交和親愛精誠的情誼，延伸到下一代的我們，還有「終生為父」的老師之愛，「空小之橋」的友誼是永遠拆不散的。美術課周樹岐老師也常讓我們在橋上排排坐，舒舒服服的靠在欄杆上寫生，不只一次周老師緊握著畫筆，從橋頭指到橋尾，對我們述說他爸爸是清末舉人，當年得探花作的論文，有一篇是「做人要學橋、做事要以橋為師」。

　　兒時只知道橋很可愛，長大了才慢慢體會到橋的內在涵義，它不僅連接了兩岸的往來，更是人與人之間溝通的橋樑。大陸開放後，我和內子王培茸（岡山空小學妹）第一次爬上黃山頂峰，坐在又涼又硬的大石上寫生時，遠觀群山萬壑、白雲蒼狗，心裡想到的卻是在「空小之橋」上寫生畫畫、吹笛唱歌，橋下騎牛戲水的情景；走在蘇州河的橋上時，眼望天邊青山浮雲，心卻隨著浮雲流水飄向遠方，耳邊響起「叫我如何不想她」——「她」就是那讓我一生難忘的、亦師亦友的「空小之橋」！

　　永遠忘不了第一次跳橋，那是女老師叫我跳下去救落水的胖學姐，卻被她緊緊抱住不放，雙雙沉下河底，差點把我淹死了。若淹死了，可算是陣亡的烈士吧！？

　　有次爸爸在橋上提起，前幾天鄰居送醫官過橋時一再道謝，醫官卻說：「你該謝謝這橋，若沒有它就來不及救命啦。」所以做好事幫助人要及時，橋讓人及時趕到。母親常說，做人要有橋的愛心那樣，隨時隨地幫助別人，在空軍第一次被簽報升主管時，母親叫我把機會讓給食指浩繁、不升就得退伍的同事。

　　有一天老師在橋上說故事時，我看到天空排成人字整齊飛過的雁群，想起母親說過：「雁過留聲，人過留名。」不是名利的「名」，而是不可玷污祖先和自己的「姓名」。我謹記母親的

話，並把它刻在壽山石印上，寫信給孩子保羅、怡美和學生們時，便把它蓋在信上，也蓋在我首創字中有畫、畫中有字的「姓名人物字畫」上，作為相互勉勵的座右銘。

　　「空小之橋」並不孤單，在下游不遠處與她遙遙相對的，還有座名叫「百花橋」的三洞雕欄石橋，像個雄偉的勇士，結實的雙臂伸向兩岸，它是座清代古橋，橋下還有個大沙洲。相形之下，「空小之橋」就像柔弱的林黛玉了，常要我們為她修揖和補路，因此我們也就有了別的「空小」沒有的寶貴經驗，就像古時的品行必修課程「修橋」一樣。沒想到的是，「空小之橋」竟比「百花橋」活得更長久，石橋在一次漲大水時，被湍急的流水沖毀了！人生豈不也就是這樣，有警報的是生病，沒預警的災難是意外，算命的永遠算不出自己能活多久。還是學學「空小之橋」吧，橋下源源不斷的流水沖擊著橋，橋顯得更鞏固，她一心只想貢獻自己，為往來的人服務，那麼人生就有意義，也就沒白活。

　　「空小之橋」永遠留在我們的記憶裡：「空小」的同學們永遠忘不了妳的友情，妳讓我們順利通過求學的歡樂童年，給我們留下好多甜美的回憶，那忘不了的師恩中也有妳一份，還有妳那發人深省的哲理啟示！

董國仁　筆名象外客、長白山人。空軍世家、榮譽神學教育博士。首創字中有畫、畫中有字的姓名人物字畫。曾任空軍大鵬聯誼會會長，現任藍天藝文協會會長、兩岸和平文化藝術同盟藝術顧問、本會及空小理事。

小說

小說 小說

尊嚴

◆古冬

正是午餐的時候，白領們紛紛從大廈裡湧出來，一時間彷如搗毀了蟻窩，把皇后像廣場擠得水泄不通。

在衣著講究、步履急速的人流中，有個身穿短打、一臉頹喪的中年男子，拖著一對硬膠涼鞋，極不協調的蹣跚著。不時被人碰撞一下，也不在意，讓人閃過，又「叭咃、叭咃」地施展他的八字功，大有閒庭信步的氣度。

終於被擠出人流，身子一歪，順勢就在噴池旁邊坐下來。

今天格外燠熱，火樣的陽光，投射在水泥道上，蒸得人簡直透不過氣來。但這似乎與他無關。想抽根香煙，遍找不著，這才亂了陣腳，一會兒搔頭摸耳，一會兒東張西望，不知做什麼才好。折騰了好一陣子，忽然把一隻長滿老繭的手掌伸出來，用心的瞧著，好像有話跟它說似的。不過最終並沒有，只是把指節按了幾下，讓它發出幾聲單調的「得……得……得……」。

「就為了幾百塊錢嗎？人總該有點尊嚴吧，我替他不值！」

「也許他是對的，沒有錢，還有什麼尊嚴可言呢！」

路人的議論吹進鼓膜裡，一邊下意識地摸摸口袋，一邊從嘴角擠出一個冷笑，粗野地在心裡罵道：「媽的，又是這東西！」

可不是無的放矢，就是為了幾個臭錢，和那個摸不著的所謂「尊嚴」，在一個鐘頭前他給革職了！

也不知可氣還是可笑，老闆為了多賣幾條內褲，居然當著女顧客的面，拉下臉皮，比比劃劃，口舌便給，令在旁邊理貨的他忍俊不禁，「嘘」的笑了一聲。老闆當時不動聲色，待客人一走，即破口大罵：

「你吃誰的飯，膽敢傷害老子的尊嚴？給我滾，馬上！」

隨即給他數了一千塊錢，結束了他們一段不太長的賓主關系。

錢，他並不看得那麼重。這一千塊，差不多夠他兩個月的開銷了。至於那勞什子尊嚴不尊嚴的，他壓根兒就沒有想過，這會兒給提起來，倒感覺還不賴，至少他敢嘲笑老闆，雖炒猶榮。而老闆為了多賺幾個錢，還得狗也似的，彎腰哈背，逢迎拍馬，百般討好他的主顧哩！

他實在也沒有把這份工放在心上。苦力而已，做下去肥不起來，丟了也不見得會餓死。從小吃的就是自己的力氣，打雜、打石、挑泥、築路、碼頭伕力都做過了，不在乎再改一次行。不過想起老闆那德性……

正想得入神，忽然有個紅色的東西擦鼻而過。以為是汽球，睜眼看去，竟是一個滾圓的屁股。坐下這麼久，那呆滯的目光，第一次閃露出少有的光彩。

「嘖、嘖、嘖！」他一邊呫著舌頭，一邊搖著腦袋。原來眼前這雌兒，走起路來一扭三擺的，而且穿得又少又短，顯然有意展露她的豐腰盛臀呢！

又想抽煙，還是沒找著，索性就讓眼睛吃吃霜淇淋。

又是半對大乳、兩條美腿！他不禁想，娘兒們愈穿愈少，難保不會有一天，會乾脆光著身子跑出，那時節……

他不是衛道士，也不愛聽那些呼天搶地、其實是貓哭耗子的大道理。女人要自作賤，除了她的父親和丈夫之外，根本誰也阻止得了，倒不如閉嘴，靜靜坐享你的眼福好了。

老實說，一個快四十歲的獨身漢，對異性的胴體實在不無幻想。他只是有點擔心，有些女人太蠢，愛把自己扮成一團火，那不僅可以燒昏男人的頭，更容易燒毀自己的前程。

想著想著，又有個女郎風擺柳似的飄過來。瘦得可憐，也有勇氣穿上露胸裝，兩塊扁削的枇杷骨，活像兩把橫架著的刀，讓人瞧著怪不舒服的。樣子本來不錯嘛，為什麼一定要自暴其醜呢！

咦！怎麼這麼面善？在哪裡見過呢？記性真壞，把頭皮搔了一地，就是想不起來。待她走近，看清楚兩道緊蹙著的彎眉，和嘴角下面那顆小黑痣，不禁喜形於色，一步蹦了上去。

「小姐，真巧，我們又見面啦！」

女郎愕然止步：「你是誰？」

他衝口而出說：「你昨晚才陪過我，這麼快忘記了！」

女郎掉頭就走。

習慣地摸摸口袋，袋裡的錢壯了他的膽子。

「我們這就上公寓去！」他追上去，輕輕碰了她一下。

女郎悖然大怒：「你想非禮？」

「非禮？」他忍不住「吱」一聲笑了出來。跟著涎著臉，討好的說：「你真會開玩笑！走，還是老地方！」

「啪！」好清脆的一巴掌，摑得他臉兒發燙，心兒發毛。傻呵呵的盯著那條遠去的柳腰，久久弄不清為何要挨揍。

莫可奈何，只好坐回原地。

「一個臭婊子，也要搭架子！」他嘟噥著。他的老闆尚且要巴結顧客，她卻反臉不認人，啥個道理？

　　哼，哈！怎麼大家忽然都尊嚴起來了？但是她的尊嚴只值五十塊，他口袋裡的一千元，可以嫖她二十次，神氣些什麼！

　　「我要報復！」他忿忿地想。不過再一捉摸，還是算了！花錢去欺侮一個小妓女，算是什麼好漢？況且比起那個見錢就拜的肥老闆，她是「硬錚」多了！

　　本來不善思考，這火辣的一巴掌，反而把他打開了竅，一下子可以想得很多——老闆的嘴臉，妓女的肉體，自身的無奈，錢的可愛、可惡和可怕等等。甚至吃驚地發覺，在面對生活的時候，自己和妓女竟是如許的相似！漸漸地他開始諒解她、同情她、喜歡她乃至想娶她、養她、供奉她，讓生活中一切不如意之事，都由他一人去承擔。

　　由原先的瘟頭瘟腦，到開始有點門路，有點興奮，其間不知坐了多久，直至銀行門前發生騷動，人們紛紛走避，才如夢初覺，猛然間驚醒過來。

　　「搶劫呀！」隱約聽到有人叫喊。

　　這不算新聞。當人們連「尊嚴」都賣不出去時，唯有鋌而走險了。這是搏取金錢和尊嚴唯一的捷徑，成功了，口袋裡麥克麥克，立即就可以威風八面；不過要是失敗了，在鋃鐺入獄的當兒，也就是尊嚴完全掃地的時候了。

　　「咳，無聊！」他嘲笑自己。做小偷，他不屑；效法三狼擄人勒贖，或學李某械劫銀行，又沒有那份狠心和勇氣。他是一頭牛，耙完東家的田，又去犁西家的地，想這些多餘的東西做什麼！

　　不是怕事，只是不喜歡這種鬧哄哄的場面，毫無目的地提起腳，那對硬膠涼鞋又「叭唨、叭唨」的響起來。

　　「站住！不許動！」一聲厲喝來自背後。

回過頭去看看，幾個持槍的人正朝這邊衝過來。他鄙夷地披披嘴，繼續邁他的方步。

雜亂的皮鞋聲愈來愈近。正想停下來看個究竟，冷不防被人從後面一抽，並明顯感到被槍嘴頂住背部。

「舉手！」

「幹嘛？」

「別裝蒜！」

很快明白是怎麼回事，心裡又可笑又可惱。知道反抗無用，便不疾不徐的舉起手來，一邊說：

「勢利眼，西裝革履的不過問，就看上我這個大老粗！」

「少廢話！」

他被搜身。也活該倒楣，讓人一伸手就抓到一千元，於是有如發現新大陸，連忙掏出本子錄取口供。另一位更不怠慢，「卡」一聲就給他扣上了手鐐。

「叫什麼名字？」

「黃提，黃腫腳的黃，不屑提的提！」他沒好氣的回答。

持槍的人一個個吹鬍子瞪眼。

「哈，這就是我的尊嚴啦！」他冷笑一聲，自顧自說。

「你說什麼？我問你，這錢是哪來的？」他的牢騷倒把人弄糊塗了。

「你現在比我的老闆還要威風，自然聽不懂，待會讓上司指著鼻子大罵廢物的時候，就知道是什麼意思了！」

「我問你這錢是哪裡來的！」那人憤怒地把他按在地上。

「那你口袋裡的錢又是從哪裡來的？」他反詰。

官老爺憤怒了，把他一推：「走！」

　　仍舊是一副吊兒郎當的樣子，仍舊是一臉冷漠的苦笑，仍舊是「叭咇、叭咇」的拖鞋聲，直至被推上車子。

　　突然，警車響起淒厲的「嗚嗚」，絕塵而去。

古　冬　本名張袞平。學過新聞、商管、攝影、廚藝，當過記者、編輯、編劇、大廚、老闆。著有《浪花集》等五書。多次獲華文著述佳作獎，近著獲「全國文學藝術大獎賽」金獎。現任本會會長。

相親

◆湘娃

　　寡居了兩年的女朋友不乏追求者，甚至有一個趕都趕不走的追求者。但是她不滿意，尋尋覓覓，覓覓尋尋，隔不了幾天就報一點新聞給我。今天誰送花了，明天誰追到樓下來示愛了，後天誰在電話裡一聲不吭，只放她喜歡的情歌。哎呀，真是天天精彩，讓周圍守著不懂情趣的老公的女人們個個聽了都羨慕得咬牙切齒，恨不得立刻贖回自己的自由。她呢，越來越享受這豐富多彩的生活，不無驕傲地稱自己為「鑽石女王老五」。唯一的不足是，房子很大很漂亮，很高很亮堂，卻高處不勝寒，晚上和八歲的兒子上樓睡覺，往下面的客廳一看，傢俱冠冕堂皇，可是感覺卻空曠淒涼。所以，還是要繼續努力啊。

　　好在人美嘴甜，朋友多多。眾人齊心協力，堅決把她的個人問題看成大家的問題。在教會，在孩子的球場上，在朋友的聚會上，只要看到四十左右，事業有成的男士，只要確定對方現在身份不是已婚，就必定要為他們撮和一番。於是她的相親名單廣集各路英雄人物，有律師，有醫生，有大學教授，也有生意大款。

　　和律師相親時，她正要做一份財產信託。於是就委託了這位律師幫她處理。到了律師辦公室，律師大人彬彬有禮，一遍一遍地讚美她的斯文，她的翩翩的風采，她的溫文爾雅，她的長髮

飄香，她的明眸皓齒，她的舉手投足，於是我們的相親小姐覺得這個律師大人一定是拜倒在她的石榴裙下了，不禁洋洋得意，原來找個律師男朋友也沒什麼難嘛。一切手續辦好的時候，小姐客氣地問律師大人：「我要給多少錢？」律師大人說：「別擔心錢的問題。」小姐一聽，雖然這話說得有點不太清楚，但也可以勉強理解成不用付錢或者是打個好折吧。就連著跟律師大人說了好幾聲謝謝。她要離開律師辦公室的時候，律師大人露出不捨的表情，含笑問道：「可以賞臉這個週六跟我吃中飯嗎？」

往外邁步的她收回了步子，不經意地甩了一下長髮，回過頭來，這戲劇性的一轉身，一甩髮，讓律師大人的笑容中更有了說不盡的欣賞。律師大人忍不住再問一次：「可以嗎？」她掩飾著自己的興奮，含蓄地微笑著接受了律師的邀請。

一切順利。週末把兒子往我家一放，我真覺得這一次她會來真的了。律師大人自從和她吃了中飯後，把每天向她問安列入了繁忙的日程表中。而她陶醉在就將有一個律師大人做男朋友的虛榮之中。兩個星期後，她收到了一封信，是律師樓來的。上面有一張帳單，記錄了做財產信託時所有的費用，並無任何折扣。本來，有勞有得，這也沒什麼不對，可是這個糊塗的律師大人，一邊想追她，一口一個「不要擔心錢的問題」，卻連一個折都沒有為她打。她氣急敗壞地打電話給我，我說，也沒什麼奇怪，律師大人雖然是中國人，可卻是在美國土生土長的，這個做法是典型的「ABC（American-Born-Chinese，在美國出生的中國人）」做法。公私分明，沒什麼不好嘛。「沒什麼不好？見他的鬼吧。還想叫我明晚跟他吃晚飯呢，門都沒有！」她氣不打一處來地把帳單一把扔到垃圾桶裡，像扔掉一個瘟疫般地迫不及待。支票準時寄出，從此，和律師大人的關係變成了純粹的律師與顧客的關係。

　　沉寂了幾天，她的臉上又有了春風。這一回的對象，有著世上除律師之外唯二的高尚職業，是個醫生，上海人。她說，上海人她沒什麼太大的興趣，不過做醫生太太很好的。「你知道嗎，每個醫生太太手中都有幾棟用來出租的公寓，因為醫生賺錢太多，年底報稅的時候就可以用公寓的維修費，出租不出去的虧損等等等等的名目來抵稅逃稅。」我說：「行啊，還沒當上醫生太太就把他們的技倆都學到手了。」她訕笑著，像沉浸在一個不會醒的夢中。

　　第一次約會，高高瘦瘦的上海醫生把她帶到一個非常有名的上海餐館。好館子的缺點通常是，菜做得太好，客人太多，位子怎麼擺都不夠坐。好不容易有一桌的人起身要走了，上海醫生搶在眾人之前一個箭步衝過去，一屁股坐在第一個空出來的椅子上，得意地向她傻笑：「我們有位子啦！」她含著笑，頷首向所有的等候位子的人表示歉意，然後紅著臉在醫生的對面坐下。她沒有責怪他，為了女友衝鋒陷陣也算是男人的一種美德吧。

　　過了幾天，以為一切發展順利的上海醫生有一點得意忘形。快半夜的時候打了個電話給她，心血來潮地邀請她出去喝一杯。正躺在床上追韓劇的她漫不經心地問：「現在幾點啦？我去喝一杯我兒子怎麼辦？」卻想不到上海醫生想也不用想就給她出主意：「他睡著了嘛，你神不知鬼不覺地出來，再神不知鬼不覺地回去，這有什麼難的？」這一句突然激怒了她，她關掉電視開罵：「你有沒有文化？你怎麼做醫生的？你知不知道在美國把十二歲以下的孩子單獨留在家中是犯法的呀？你想我兒子被社會福利部接走？你想我從此見不著我兒子嗎？麻煩你用用腦袋吧！」火大地摔了電話，繼續看韓劇，還是劇中的帥哥讓她著迷，溫柔多情，彬彬有禮。哪像這醫生，雖然不是大腹便便的那

種，可是頭頂禿了一圈了，也不拿塊鏡子照照，想讓本小姐，哦，不對，讓本女人冒著失去兒子的危險跟他去喝一杯，做夢！於是，上海醫生和律師一起，見鬼去了。

接下來的，是一個大學教授。雖然不是世界上最好的職業，也勉強算得上是個好職業。而且，年紀輕輕就拿了普林斯頓的博士學位，雖然沒什麼身材，但也湊合著算是高大威猛。眼睛大大的，鼻子高高的，就是放在一起沒放好，總覺得應當可以排列得更好一些。做教授的，聲音特別的宏亮。和她第一次約會，去喝下午茶，雖然是一個在美國土生土長的中國人，看到小推車上的點心卻特別的興奮，不像她兒子，一說喝茶就要生氣。教授看到遠遠的小推車上有鳳梨包，高興的扭頭用怪腔怪調的中文對服務生叫著：「波蘿寶！」

「包」字讀成「寶」字，加上嘹亮的聲音，引來了周圍幾桌人的注目禮。好厲害，在本來就以嘈雜出名的茶餐廳，居然可以吸引眾人的注意，沒有兩把刷子行嗎？特別愛面子的她又一次感到了臉上的微熱，她抿著嘴笑著，專注地看著眼前的燒賣，不好意思的同時，竟又莫名其妙的覺得教授還挺那個可愛的。

但是傻得可愛的教授很快也被踢出局。導火線是請她去看一場電影。那天她一個嫁了給白人的姐姐從外州來出差，順便跟她住幾天，既是姐姐，算不得外人，於是做妹妹的就請姐姐跟他們一起去看電影。兒子嘛，在我家跟我的兩個兒子玩，快樂得很。說是去了電影院，教授跟他們坐下，跟美國老公生活慣了的姐姐看著拿著爆米花和飲料陸續進來的觀眾，便問妹妹：「怎麼你們看電影都不吃爆米花嗎？」做妹妹的二話不說看著教授。教授自覺地站起來，去買爆米花。姐姐風涼地說：「不知道他會不會買飲料呢？」

幾分鐘後，教授捧著一個紙盒回來了，紙盒裡是一大桶爆米花，一大杯可樂，和三支吸管。她暗罵：小氣！

雖然姐姐整場電影看下來也沒有喝過一口可樂，但是我們的相親小姐本著從寬待人的原則，覺得一次小氣還是可以原諒的。但是看完電影時間還早，下午三四點太陽也還很燒人，於是教授提議去吃杯酸奶。我們的小姐想他還挺會做的。三個人進了酸奶店，姐姐要去買酸奶，教授說讓他來就行，妹妹頗有面子地望著姐姐微笑。於是兩姐妹坐下來等教授。一轉頭教授就回來了，捧著一杯酸奶，拿著三個小勺。姐姐吃吃地笑，妹妹愕然，不明白這應當是生活習慣的問題，還是經濟問題。三個人拿著小勺，小心地消滅掉屬於自己領域裡的酸奶，也順便消滅掉一起吃晚飯的可能。見鬼去吧，小氣鬼。

聽著她回來唉聲歎氣，我說，還是不要去見那些 ABC 吧，嫁人還是嫁給跟自己同樣背景，同樣母語的，這樣，就算吵個架也好淋漓盡致啊。有機會跟北京人相看相看吧。在北京讀過大學的我，對北京男孩有一份特別的好感，不能忘懷的好感。就因為一件很小的事情：一天我在北京的街上走著，下過雨的街道有積了雨水的地方，一輛車子毫不在意的在我旁邊開過去，掀起的髒水噴在我的白裙子上。周圍幾個站著等過馬路的北京男孩不約而同地向著車飛快地追去，嘴裡罵著司機，說把人女孩的白裙子愣弄髒了你，你這人缺不缺德啊你？他們的舉動卻引得旁邊的北京女孩直嚷嚷：「又不是你的妞，那麼緊張，你犯得著嗎你？」我永遠記得他們衝出去追車那一瞬間我的感覺，真是英雄啊。

我的關於北京男孩見義勇為，打抱不平的故事讓我的女友又有了新的憧憬。過了一段時間，她終於有了跟北京男人相親的機會。四十來歲，自己有公司，太太病逝，名門教授的後裔，有兩

棟房子。本人，中央音樂學院畢業，專業是小提琴。嗯，不錯，不錯。女友開開心心地去約會。特別把妝化淡一點。搞音樂的人嘛，一定喜歡氣質好的女孩。坐下來，他已先到，叫了一桌的菜，似乎等一個軍隊來吃飯。見到她，寒暄過，請她入座，然後右手豪爽地一揮，像指揮千軍萬馬：「吃，吃，吃，人生在世，能吃就吃！別委屈了自己。」

她看了一眼滿滿的一桌子菜，頭有點兒犯暈，心裡嘀咕：「是別委屈了自己，可也別撐死了自己呀！」她伸出筷子，夾了一筷子的青菜。北京人嚷著：「唰，您別一上來就吃青菜啊，來點兒螃蟹吧。來來來！」說著，不容她推辭，一隻大螃蟹腿就到了她的盤中。

他「咔嚓」一聲咬開一塊螃蟹，跟她說：「你快吃點兒吧，啊？要不我一個人猛吃還怪不好意思的。我這人哪，就喜歡吃。我媽是大學教授，不過特喜歡做菜，一做就做一大桌，做得特難吃。」

她剛要吞下去的一口青菜差點兒梗著她，好傢伙，有這麼說自己母親的嘛。她說：「你是名門出來的啊？」

他一擰頭又咬下一塊螃蟹，說：「沒錯兒，不過家道破落了。」

她說：「你是小提琴專業的啊？還拉嗎？」

「還拉不就早餓死了嗎？」他頭也沒抬，專心用小勾子挑著螃蟹肉。

她忍住笑。又問：「你幾個孩子？」

「我老婆嫁我的時候給我帶來了一個現成的，今年他十六了，然後她又跟我生了一個，十歲了。」

「噢，那你的兒子聽話嗎？」她問。

北京人吐出一塊蟹殼，說：「不聽話我踹他！」

她終於忍不住笑出聲來。說：「你這人還挺幽默的。」

他得意的一揚頭，說：「那可不，跟我待一塊兒有你好笑的。可以說以後的日子裡啊您哪，笑聲不斷。」

北京人吃完飯堅持要帶她去看看他的兩棟房子，她說：「我要去接孩子了，再說，我笑了太多，笑累了，下次再看好嗎？」

北京人並不介意：「那有什麼不好的？下次就下次唄。還怕這房子跑了不成？我就喜歡你這樣的女人，目標清晰，兒子是最重要的。要是不準時接孩子，我也跟你沒完！」

女友莫名其妙，「接誰的孩子？」

北京人說：「誰的孩子都一樣。孩子是我們的未來，是我們奮鬥的目標。」

女友說：「真感動。後會有期。」

北京人一臉的酒肉氣，完全沒有小提琴手的藝術氣質，嘴一咧說：「來日方長。」

女友回來跟我說，「我真的很累，我笑得太多了，好累啊。北京男人真的挺好，真的好笑。可是笑完了怎麼一點內容都沒有啊？還有啊，他憑什麼說來日方長啊，那是最有氣質最有涵養最懂得愛的人才有資格說的啊。」

我於是知道女友的心思。她過了世的先生曾經力排群敵把她追到手，在這之前受她冷落的時候曾經對她說過一句：「來日方長。」

就為了這一句話，她流淚了，她嫁給了他。她是他心中的寶貝，他不停地為她寫情詩；她是他手中的寶貝，他生怕捧在手中會化掉；她是他的一切，只要他活著一天他就要為她唱情歌；她是他心中的女神，在他出車禍的前幾個小時他還在告訴周圍的朋友他有這樣的一個太太是何等的幸福……

　　到哪裡去相親可以把他找回來？女友終於收起了她的嬉皮笑臉在我面前哭泣。我跟她說：「你應當知足。因為你愛過，因為你深愛過深愛你的人。因為你愛的人也深愛過你，他一定，仍然深愛著你。相信我，不是每個人都愛過，也不是每個人都被愛過，更不是每個人都被自己愛的人愛過。」

　　接著，我給她講了一個故事。我的一個打網球的女友的故事。她已經是六十五歲的祖母了。她的先生在她三十八歲那一年死於車禍。她寡居了十三年，在五十一歲的時候認識了她現在的先生。他珍愛她如珍愛童女一般。他說：「你是我的星星。你是我的太陽。」他又說：「是你給我單調的生命畫上了燦爛的色彩。」他又說：「如果我能夠再活一次我願意再一次承受我生命中所受過的所有苦難，因為只有在這樣的運程中我才能夠在我五十三歲的時候碰上五十一歲的你。」他又說：「親愛的，別為了年紀太大不能為我生孩子而懊惱，你是我的妻子，我的情人，我的母親，我的女兒，我的朋友，我的一切……」他還說：「讓我好好的愛你，上帝一定會見證，我不是世界上最有錢的人，但是我一定會給你最富有的愛。」

　　肉麻的話到了他的嘴裡就是順理成章的魅力。在太太六十歲生日那一天，他告訴太太：「我今晚請你吃個燭光晚餐如何？」六十歲的太太盛裝答謝先生的邀請。嵌著銀片的長裙讓有著高挑挺拔的身段的她像一條美人魚一樣的美麗。到了酒店，先生把她帶到一個緊閉的宴客廳前，她說：「親愛的，我們兩人用這樣的宴客廳嗎？」先生親吻了她，把大門打開。她的眼淚在眼眶中瞬間彙滿。眼前滿座的宴客廳裡，有她的外州來的父母，有她的兄弟姐妹，有她的兒孫，有她的同事好友……先生給了她一個驚喜大派對來慶祝她的六十大壽。吃完飯，開禮物的時候到了，按照

順序，最後一個開先生給她的禮物，一個銀色的小禮品盒裡，是一支精緻得不能再精緻的車鑰匙，先生給她的禮物，是一輛銀灰色的凱迪拉克轎車。

　　我的女友聽著這個故事，濕潤的眼框中有了新的憧憬。我說：「我要說的不是這輛車。」她點頭：「我懂。」我又說：「我要說的也不是一個驚喜派對。」她點頭：「我懂。」喜歡囉嗦的我還是忍不住說：「我要說的是他的愛。」她點頭：「我懂。」喜歡囉嗦的我還是停不住：「我要說的是你還有很多的機會。」她點頭，說：「就算十三年，我也願意等。」

湘　娃　本名張穎。北京廣播學院外語系畢業，加州州立大學洛杉磯分校　　　　　教育碩士。愛好寫作，尤喜隨筆。

樺樹哨

◆于杰夫

那是十年前的一個秋天。

客車在鄉間公路上顛簸著行駛。對於像我這樣的年輕人來說，感到的是一種愜意。然而這輛車終究是舊了，吱吱嘎嘎彷彿那兒都在作響。終於在一個漫坡中途處，隨著汽車引擎的幾聲異響，車子拋了錨。司機也是位年輕人，他嘴裡嘟噥著車上車下的忙活了一陣，最後一臉怒氣地宣佈要我們下車各想辦法，好像車子拋錨全是我們這些乘客的罪過。

我此行是受母親之托，去探望病中的姑母。我和姑母見過幾次面，但她居住的那個村莊卻從未去過，只知村名叫汪家夼。下車後經過打聽，才知道此地離汪家夼還有很遠的路。望著天邊的夕陽，我不禁有些犯難。一位當地老農告訴我，如抄山路到汪家夼，便可省去一大半路程。想來也沒有什麼更好的辦法，我只好聽從了他的建議。

鄉間的路多是人們用腳走出來的，在城市的馬路上走慣了，在這山路上便顯得有些踉蹌。我發現這裡的山多屬花崗石質，大都光禿禿的，很有些窮山惡嶺的意味，會使人聯想到一幅幅古畫。當我咻咻地翻過第三座嶺脊時，發現嶺下有一個不大的村落。那些帶黑色的破舊房舍和一縷縷的嫋嫋炊煙，透出一種濃重

的山野古樸風味。就在這時，忽然從村落方向傳來一種奇怪的、但很好聽的聲音。像長笛，卻沒有那麼圓渾；像螺號，卻沒有那麼粗曠。

我走到村頭處，想打聽一下路徑，等了好一會兒竟沒見到一個人。正在我有些著急時，在我身後的什麼地方響起一陣微弱的悉索聲，回首望去，突然發現在不遠處的玉米桔叢旁邊蹲著一個小男孩。小男孩顯然早就發現了我，一雙好看的大眼睛正愣愣地望著我，目光裡露出羞澀和警覺。他似乎只有六七歲的樣子，體態瘦小，兩條隱隱可辨的淚痕掛在他的臉上，亂蓬蓬的頭髮顯得很長，上面沾了許多枯葉碎片。他穿著一身又肥又大的破舊衣服，蹲在那裡，上衣的下擺便完全遮住了雙腳，看上去有些滑稽。我索性蹲下身來，準備和他搭話。就在這時，我發現他的手裡拿著一個樹枝樣的東西。準確地說，是一段樹枝外皮，裡面的枝幹被抽掉了，只剩下完整的外皮。我知道這是鄉間常見到的樹皮哨，我小時候在鄉間的奶奶家常見到這東西。很多樹皮都可以製哨，其中樺樹當為上品。而小男孩手裡拿的正是一支樹哨。我忽然醒悟過來──剛才我聽到的那悠長的聲音正是從這個樺樹哨發出來的。不過在我的記憶中，樹哨多半是在春天製做，因此時枝條潤滑抽枝比較容易。而秋令時節製哨，顯然需要一定的經驗。

「是你自己做的嗎？」我指著小男孩手裡的樺樹哨問道。

小男孩彷彿沒有聽見我的話，但他的表情立刻起了變化。他睜大眼睛望著我，目光中驟然露出了許多驚慌。當我撫摸他的頭髮時，他條件反射般地立刻把脖頸深深地縮了下去。看得出他想擺脫我，卻似乎又沒有勇氣。我差點笑出聲來，情不自禁地在他的小腦袋上揉了幾下。奇怪的是，這反倒讓他平靜了一些。他覷著眼偷看了我一眼，一邊抬起胳膊飛快地用衣袖擦了一下鼻涕，

同時鼻孔裡發出很響的抽氣聲。對我的提問，小男孩雖仍是沉默以對，卻開始用點頭和搖頭來回答了。但當我向他打聽去路時，我發現他情緒明顯高漲起來。他從地上站起來，連說帶比劃地告訴我該怎麼走。可能是與他的表達能力不足有關，也可能再加上我對此地環境的完全陌生，反正他講得越詳細，我反倒越糊塗起來。不過我覺得好在大概的方向是弄明白了。

「汪家夼挺遠呢。」小男孩的興致似乎更濃了。看得出他盡量想在我面前擺出一副經驗十足的派頭，但不知是信心不足還是勇氣不足，他的這種表現欲總是大打折扣，表達時總帶著羞澀不安的神色，不斷地扭動著身子。「還要翻過好幾座山呢，還有狼呢，真嚇人呢！比牛還大。」

這調皮的小男孩！他顯然是看出了我神色中的焦慮，所以才故意這樣唬我。其實我早已發現他臉上的那種調皮的笑意，好像做錯了什麼事似的。這大概就是小男孩們常常獨有的那種躁動炫耀心理甚至是惡作劇心理的表現吧。多麼可愛的小男孩！說實話，我真有點喜歡上他了。無奈天色已晚，剛才還萬紫千紅的晚霞近乎消遁無蹤。我必須起身趕路。我站起身來，輕輕歎口氣，拍了拍小男孩那瘦削的肩頭，便上路了。

出了村頭便是一座陡峭的野嶺。待我氣喘吁吁地登上嶺脊時，天色已經完全黑了下來。整個山野朦朧著淡淡的月光，猶如置身於夢境之中。嶺下是一大片似乎望不到邊的開闊地。已是深秋季節，開闊地上那些幾乎脫盡了葉的喬木和灌木稀疏地立在那裡，月光下看上去像是一群潰亂而頹廢的士兵。也許是天黑看不清路，也許是根本就沒有路，我在這空曠而坎坷的野地中踉蹌著前進。開始我是憑著感覺在走，走了很久，直覺又告訴我這條路線好像不大對頭。天色愈加暗黑。我開始恍惚地意識到我以往的

自信在這裡大概要出毛病。果然，在又前行一段距離之後，一條深深壑谷擋住了我的去路。這還不算，我又忽然發現原來我剛才穿行的地域竟是一大片凌亂的墳地！而且彷彿是突然間幻變出來。可能與小時候奶奶常跟我講的一些鬼故事有關，我自小怕鬼。後來儘管長成了大人，也相信世上並無鬼，但孩童時期形成的恐鬼症卻依然如舊。我真正有些惶然了。我覺得我的意志力在迅速地崩潰，彷彿一切感覺都滲透了無名的恐怖。那陣陣橫掃而過的秋風在我聽來竟是那樣的駭人，像是墳地裡爬出來的鬼怪的屬嚎。一隻野兔不知從什麼地方竄出來，在我近處倏然而過，瞬間便消失了，竟嚇得我驚心動魄。剎那間，我彷彿陷入了絕境。

就在這時，從很遠的地方隱隱傳來一聲長長的鳴音，在夜空中回蕩得分明！

是樺樹哨！是小男孩！我像一個溺水的垂死者突然看見一葉方舟，竟等不得回答，自顧向著這個聲音奔去。終於，月光下我看見了小男孩。他正站在一塊大兀石上面。他那寬大的衣服和蓬亂的頭髮在野地裡的秋風中猛烈拂動著，像一團沒有光芒的火焰！

「你迷路了，是嗎？你為什麼不聽我的話？」黑暗中響起小男孩清脆的童音。

我一副驚魂未定的狼狽相，竟不知該怎樣回答他的提問和責備。

「來，我領你走。」

小男孩跳下兀石，一把拉住我的手。剛走了兩步，他停下來回頭看看我，同時用衣袖擦了一下鼻涕，然後說：

「你是不是害怕了？沒事的，有我呢。」

此刻的他與我在村頭看到的那個小男孩判若兩人。他現在的神情彷彿是一位身經百戰的將軍，在這夜色籠罩的崎嶇山路上引

領著我跋涉前進。不知是為了安慰我，或者還是他因為獲得了某種滿足感而情緒高漲的緣故，小男孩的話越來越多。我也因此而得知了一些關於他和他的家庭的情況。他是個苦命的孩子，今年七歲，在他兩歲多一點的時候，母親便和一個來鄉裡收購藥材的男人私奔他鄉，小男孩從此便再也沒有看到他的母親。再後來他的父親在一次上山採石時被砸斷了腿，失去了正常的勞動能力。父親的脾氣變得越來越壞，經常無緣無故地歐打他和他的姐姐，並且常常酩酊大醉。他姐姐比他年長六歲，後來被鄰鄉的一戶族親人家領養了去。那戶人家對姐姐並不好，而且還立下一條規矩，既不准姐姐回來探望，也不准他去探望姐姐。無奈他和姐姐只能借機偷偷相會。那個樺樹哨，就是前幾天姐姐親手製作後偷偷送給他的。

　　小男孩在講述這些事情時顯得很平靜。看得出這些生活中的太多的苦難經歷，已經把他那幼小的心靈給折磨得有些麻木了。只是在談到姐姐的時候，他的聲音有些哽咽。他在似乎猶豫了很久之後，向我透露了一個心願，他一定要讀書。他說等他讀了書，長大了掙到錢就會把姐姐買回來，他一定要姐姐過上好日子。他還告訴我，他和村裡的小夥伴們經常到山上，其中包括我姑姑住的那個汪家夼附近的山上挖藥材賺錢。他把賣藥材賺得的零錢都悄悄地攢起來，再加上姐姐有時給他的幾個零錢，現在他已經把讀一年級的學費攢得差不多了。

　　又翻過一座野嶺，眼前便豁然開朗。月光下隱約看出野嶺下面是又一個村落。幾戶人家的窗戶裡透著微黃的燈光。偶而聽得見幾聲狗吠，更增加了幾分空寂感。啊，這寧靜的鄉村的夜晚。

　　小男孩停下來，用衣袖飛快地在鼻子下面擦了一下，然後指著嶺下的村落說：

「這是趙疃。再往前走不遠就到了汪家岙了。」

小男孩又抬起頭看了看我，喃喃地繼續說著：

「你自己走吧，我不能再送你了，回家晚了我爹又要打我了……」

小男孩的目光變得游移不定，似乎不敢正視我，好像是因為沒有把我送到目的地而感到愧疚和害躁。

我緊緊抱住小男孩，立刻感到他那瘦小的身子在夜風中微微發抖。我忽然想起什麼，急忙放下旅行包，從裡面拿出那套新買的兒童海軍服（那原是為我堂哥的孩子準備的）。我正要起身遞給他時，卻發現他正呆呆地站在那兒，兩隻小手緊緊地反剪到身後，竟是一臉的驚慌表情。顯然，他是看出了我的用意。他轉身想跑。我擋住他，告訴他其實他對我的幫助，或者說我對他的感激之情，遠遠不是這點禮物所能表達的，他完全可以接受。起初小男孩仍然不肯接受，我只好裝出生氣的樣子，他才遲疑著接了過去。他兩手捧著那件衣服，站在那裡愣愣地望著我，一句話也不說。但我分明察覺到他一定有什麼話想對我說，正想問他，他卻突然一轉身沿著山路往回跑去。他跑得那麼急促，只一會兒，那瘦小的身影便在我的視線裡模糊了，最後只聽得見隱隱而去的腳步聲，漸漸便也遙遠起來。

驀地，風中傳來一聲長長的、悠揚的樺樹哨的鳴響，在這萬籟俱靜的夜晚，在這荒涼而廣闊的野嶺上，聽來是那樣的響亮，那樣的動人……

這件事，我跟姑母講過，後來便漸漸淡忘了。此後由於工作及家庭事務的煩憂，我再也沒有見過姑母。今年春天，我得暇陪同母親去探望姑母。閒聊中，姑母無意中跟我講，那個曾為我指點迷津的小男孩早已不在人世了，時間就在我和他相識的第二年

的秋天（姑母的鄰居有一個表妹就和那個小男孩同住一村）。只
聽說是病死的。姑母接著又跟我講了這樣一件事：臨死前，小男
孩大約知道自已的生命快要終結，便央求前來看望他的姐姐和村
裡派來照顧他的人把那套平時一直捨不得穿的海軍服給他穿上。
第二天，他就告別了人間。

　　悲痛猛然向我襲來。我哭了——為那個可憐又可愛的孩子，
為他那純真的形象和善良的心，為那永遠飄逝而去的魂靈……

　　我和小男孩是在秋天裡相識的，而他又是在秋天裡死去的。
每當秋風吹起的時候，我都將會想起他，也會想起那悠揚動聽的
樺樹哨的鳴響。

于杰夫　高中畢業後考上部隊文藝兵，復員後先後做過公交車司機、企業幹部。法律大專畢業後在警局做過四年、在當地法院做過兩年，後入《煙台日報社》做過記者、編輯、副主編等。山東省作家協會會員，山東省青年作家協會常務理事、副秘書長，中國小說學會會員。近年來在國家級大型文學刊物上發表多篇中、短篇小說。

情竇初開

◆劉鍾毅

　　每當我訪問這裡的一個養老院看病時，這個九十好幾的白髮老頭，總是不厭其煩地，一再重複很久以前發生的一件事。當我提醒他說：「王老，你已經對我說過這件事了。」他的回答從不改變，「劉醫生，聽我說。這是真的……」於是像已打開的錄音機，不停地放下去。像平常一樣，我聽了幾句就走開了。他仍然自言自語地說下去。

　　我那一年考進省城一個美國人辦的男子高中。上英文課的老師都是美國人。教我們班的是一位柯師母。她也是我們的音樂老師。她在給我們修改英文作業時，總是在她的辦公室，對學生作面對面的討論。她在上音樂課時，在師生之間培養出一種強烈的感情。因此，我們都把她稱呼為「柯媽媽」。如果有甚麼學生學習疏懶，不按時交作業或考試不及格，她就找他作個別的開導工作，動之以情，促使他用功，有時甚至達到以淚洗面的程度。她這種工作方法，常能打動學生的心，改進學習的態度。一次，一個同學對我說：「我不怕校長罵人，只怕柯媽媽流眼淚。」可見柯媽媽的感召力多麼強大。

　　她在每個星期，輪流邀請我們班上六個學生到她家聚餐，教授生活中的文明規則，也培養師生感情。

　　除了這些極為優良的教學接觸外，我得到一個機會，和她有更為密切的個人來往。在高中二年級時。學校舉行英文演講比賽。在初賽中，我有幸被柯師母選中，代表我班參加整個高中部的比賽。她讓我每個星期四晚餐後，到她位於校園內的家，作個別的培訓。我當然全力以赴地練習，以不負所望。就在這個時候，發生了一個特別的情況，使我更加用功。

　　柯師母有一個女兒，芳齡十五歲，名叫麗莉。她有一頭金髮，一雙碧藍的眼睛，一副天使般的面孔，看起來總是楚楚動人。她常常騎著一輛女式自行車在校園內出出進進，引起同學們的注意和羨慕。我到柯師母家練習英文口語時，總是由麗莉開門把我迎進，高聲對室內的柯媽媽喊道：「媽咪，歐斯卡來了。」歐斯卡是我的英文名字。

　　我敲門時對麗莉所作的反應，現在回想起來，覺得好笑，因為它總是引起一陣天真無邪的聯想。那年的寒假期間，我正好看完了馬克吐溫所寫的小說《湯姆歷險記》。書中描寫那活潑跳皮的湯姆，在得到美麗漂亮女孩的注意時，總是高興得很，意氣風發，做甚麼事都有勁。常常在女孩子面前顯本領，紮跟頭也比平常高些。我發現，這時我也感到類似的情緒，覺得勁頭十足。大概這時我學英文的效率也一定提高了不少。

　　到最後一次演練時，柯媽媽請麗莉作為我唯一的聽眾，聽我從頭到尾把準備的文稿，講了一遍。我十分興奮，十分認真，因而比平常要講得好很多。果然，在正式比賽中，我取得了好成績，得到全校第一名。在頒發獎狀時，柯師母作為我的老師，特別高興，不論在發獎的當時或以後，都多次對我表示，她為我感到驕傲。

　　在每個學期終了時，柯師母都要請班會的主要幹部到家參加晚餐，以酬謝班幹部給予她作為主要教學老師的合作。我從來沒有當過班幹部，可是，這一學期，柯師母的期終晚餐中，卻把我也加了進去。我知道這是對我英文演講比賽獲得第一名殊榮的獎勵，自然十分高興。可是，這時，在我們班上，卻揚起了一些謠言，說我之所以被邀是因為我成了麗莉的男朋友。

　　是的，我和麗莉是有一點與眾不同的關係。由於到她家練習英文演講，有過幾次個人的交往，因此當她騎車在校園經過偶然見到我時，不免說一聲「哈囉」。可是，對別的同學，她卻沒有這種招呼。這使我感到特別驕傲，也使別的同學，心生嫉妒。

　　到了快要參加柯師母家晚宴的時候，我開始緊張起來。我想要對麗莉說的話，各種各樣的詞和語句，一起浮現在腦海中，並且找機會表達出來。但是，在同學和她的父母面前，我是絕對不會把這些話說給她聽的。那都是一些難以啟齒的話。我不知道，用「愛慕」這個字眼，來描述當時的感受，是不是一定合適。但是，不論在英文中或中文中，還有比它更合適的字眼嗎？

　　晚餐的時候，柯媽媽，她的先生柯博士以及麗莉，分散坐在同學們中間。柯媽媽坐在我正面，而麗莉，天哪，正好坐在我的右手邊。開餐前，每一個同學都有機會對柯媽媽說一些感謝之類的話。我也準備了幾句。最後一句是這樣的：「柯媽媽，如果不是你為我的演練費那麼多心，我是不會取得那麼好的成績的。」可是，使我吃驚的是，當我實際說出這句話時，不知怎的，我突然把頭偏向右手邊的麗莉，眼睛直逼她的一雙藍色的眼睛，說道：「還有你。」這幾個字一旦說了出去，我感到臉上一陣發熱，心跳砰然加快。我趕忙坐下。從此，在整個用餐期間，我沒

有再說一句話。只聽到柯媽媽對麗莉說道：「麗莉是很樂意幫忙的。不是嗎？麗莉。」麗莉應聲說「是的，媽咪，我很樂意。」

　　餐後告辭時，主人和客人一一握手告別。麗莉握著我的手，說道：「我們為你感到驕傲。」聽到她這樣說，像是一瓢冰水澆到我的頭上。她說的是「我們」，不是「我」。這時，我馬上從一片幻想世界清醒了過來，回到了固有的我。多麼天真無邪的孩子！

　　唉！這個老頭子住進敬老院算起來也有五、六年了。這麼大的年紀，很多事都忘記了，唯有這件事，卻忘不了。這大概是他戰勝孤獨的一個利器罷。

劉鍾毅　一九三〇年初生於中國武漢市。一九五四年醫學院畢業後在精神神經病學專科和基層百科執業。一九八〇年，由訪華的美國精神醫學教授資助，來到美國在加州大學精神醫學部完成四年精神科住院醫師培訓，並取得美國精神病學專家稱號。從此留美從事精神病專科的臨床工作。歷來愛好文學寫作，成為北美洛杉磯華人作家協會永久會員。

嫁給「老外」

◆丹霞

　　初次約會保羅邀請我到一家咖啡餐廳吃午餐，我們一邊吃飯一邊聊天。這時，我才注意仔細打量一下眼前這位來自英國的「老外」。高高的個子，略有駝背，白淨的臉龐顯得微瘦，一雙淺棕色的深凹的大眼睛，像小山頭一樣的大鼻子，噴了許多定型膠的棕黃色的捲髮中夾著幾許白髮，向後梳直的流行髮型，給人的印象夠酷的，人也顯得挺有紳士風度。

　　保羅一直用多情的目光盯著我的臉，我沒有化妝，因為不會，只好抹一點淡淡的唇膏。或許是先天遺傳的細嫩的皮膚和烏黑發亮的披肩直髮增添幾分東方人的姿色。他連連恭維的說：「我喜歡你，你的鼻子好漂亮。」像遇見多年未見的老朋友，打開話匣子。我也極力調動著每根記憶神經，把所會的英語問話全盤搬出來，趁機瞭解一下對方的背景和擇偶動機。保羅就像背回憶錄一樣，把他的家庭甚至已經過世的外祖母以及外祖母的小莊園等等，滔滔不絕地敘述著。老實講，大部份故事情節我都沒聽懂，看他那副認真投入的模樣，我只好在微笑中不時頻頻的點著頭，表示我在仔細地聽。保羅對我簡直是一見鍾情，分別時，他用那熱乎乎的手抓住我的手，懇求似的問：「我可以吻你一下嗎？」我當時臉騰的漲紅了，一時竟不知如何回答。心想：你這

「老外」也真太浪漫了，按中國人的傳統習慣，哪有第一次見面就接吻的？我還沒有來得及多想，保羅見我半晌沒有講話，就立即放開我的手，然後用兩隻長著金黃色汗毛的大手捧起我那羞紅的臉，先是輕輕的、溫柔的親一下，使我心裡像揣著小兔一樣亂蹦。緊接著又張開雙臂一個緊緊的擁抱，像個發情的大公羊，他那濕潤潤的唇滾燙，一陣熱吻，讓人喘不過氣來，頓覺大腦一片空白。回家以後，悄悄地照著鏡子，端詳自己發燒的臉，不由地用手摸一摸筆直的高鼻樑，沒有想到自己的鼻子竟這般具有魅力。整個晚上，大腦中樞神經處於極度興奮狀態，難以入眠。朦朧中彷彿在茫茫黑夜裡獨自泛舟，任意漂泊在一望無際汪洋大海之中，驟然發現前方有一簇閃爍的燈光，帶來一線光亮，或許正是自己要尋找的泊船的彼岸。

　　熱戀與求婚充滿了浪漫的異國情調。在百花齊放的春天，來到拉斯維加斯的一家典雅別緻的婚姻禮堂，在一位法國牧師的主持下，伴隨著悠揚喜悅的音樂旋律，保羅和我挽著手臂，共同走向紅毯的另一端。當攝影師拍結婚照時稱我為赫貝斯太太，我才清醒地意識到，從此是英國人的媳婦了。緣分和命運註定保羅和我結合成歐亞共同體。不同的文化，不同的生活習慣，不同的語言，雖然都不是異國姻緣的阻力，但是在日久天長的現實生活中也總是難免鍋碗碰瓢勺的出現戲劇性的衝擊。回想起一段新婚後的小插曲，好像嚐到甘甜的果子夾雜著酸澀味。

　　外子喜歡看歷史紀實片電影，我的英語水平不好，看英語電影真的很難理解，每次看電視，我坐在沙發上就睡著了。外子看到興奮時，總是喜歡講給我聽，這真是對牛彈琴。我怎麼也聽不明白，就亂打岔，他著急，我比他更著急。外子的耐心是有限度的，他就急得抓耳撓腮地對我嚷：「親愛的，你為什麼聽不懂？」我

也忍耐不住了，沒好氣地回敬他：「為什麼你不講中國話？」外子真生氣了，對我叫道：「這裡是美國，你在這裡生活，就要學英語。」我也不甘示弱地對他嚷：「這裡是家裡，你娶中國媳婦，就要學中國話。」哼，我氣得從鼻子裡哼一聲，就賭氣回臥室去了。躺在床上，望著天花板，心想，我又沒學過美國歷史，怎麼能看懂歷史紀實片，越想越委屈，鼻子一酸，眼淚就撲撲的掉下來了。

外子大概很掃興，關掉電視，也回到臥室，看見我哭了，心便軟了下來，趕緊哄我。我嘴裡還振振有詞地念叨著：「為什麼非讓我學英語？為什麼你不學中文？」外子看我像小孩子一樣撒嬌，為自己護短，他也笑了：「Ok，我開始和你學中文。」我也破涕為笑，趕緊問他：「你想學什麼？」外子想了想，嘴角上掛著神秘的笑意說：「How are you? I love you!」整個晚上，我就一遍一遍的教他講，他就一遍一遍地模仿我的聲調，聽起來好笑極了。

第二天清晨，我還睡得正香，電話鈴聲把我吵醒。我抓起電話，眼睛還沒有睜開：「喂？是誰？」我懶洋洋地問道。「你好！我愛你！」是外子在公司打來電話，洋腔洋調的中文，要是不熟悉他的聲音，還真被他蒙住了呢。我覺得開心得意極了，咯咯笑個不停。

生活本身就像打翻了的五味瓶，什麼滋味都有。如果把夫妻生活比作一首美麗的詩，那麼詩的風格是多姿多彩，風格各異的。中國夫妻生活屬於現實主義風格的詩，中外結合的夫妻則屬於浪漫主義風格的抒情詩。

丹　霞　本名張瑞霞。曾在中國任獨資企業會計主管，北京地區銷售經理。在美任報社記者六年。現任房地產經紀，本會理事。

滾滾長江

◆小郎

　　滾滾長江東逝水，浪花淘盡英雄；是非成敗轉頭空，青山
依舊在，幾度夕陽紅。

一

　　滾滾奔騰的長江，在酷熱的烈日下，像巨龍一般怒吼著。三
洲鄉孫萬國鄉長，坐在死守了整整四十個日日夜夜的大堤上，望
著堤下在微風中搖曳，沒有盡頭的稻穀發楞。

　　已經廿四個小時過去了，萬國吃不下飯，睡不著覺。昨天下
午，縣裡負責保衛大堤的總指揮、公安局長劉崇告訴他：省防洪
總指揮部，緊鑼密鼓，正在研究準備人工爆破大堤，把長江的洪
水引入圍垸，減低江水的壓力。這真是晴天的霹靂，使孫萬國一
下懵了。他想，保不住大堤，怪自己沒能耐，而今，大堤安然無
恙，怎能自己親手去破壞它呢？

　　堤下圍垸有十幾萬畝良田，近六萬人口，那土地是生他養他
的地方，那村民是與他血肉相連的鄉親，他怎麼忍心看到良田被
淹，村民流離失所？

　　恍惚中，他似乎聽到了村民們拋家離園的哀哭，牲口垂死的嘶叫。看著大堤上，村民們自動送來裝滿了石沙的幾千個編織袋，他的眼睛濕了，淚水完全不聽指揮的，從眼眶裡滾出來。耳裡回蕩著村民們的豪言壯語：

　　「孫鄉長，有我們在，大堤在，誓死保衛家園，與大堤共存亡……」

　　孫萬國自問：放棄大堤、圍垸，村民們會答應嗎？「與大堤共存亡！」並不是一句口號，而是村民們與「洪魔」死戰的決心。

　　十八個年頭過去了，洪水不知多少次威脅過大堤，勇敢的村民們一次次都讓洪水低頭。如今要人為的去破壞他們用血肉身驅築成的大堤，群眾會採取什麼樣的行動呢？他不能預料未來，甚至幻想著村民們與挖堤幹警拚搏的情景，或也許自己會成為憤怒群眾的「砲灰」……

　　洪水像猛獸，命令如山倒，萬國知道。如果老天爺不發善心，停止下雨，降低水位，上級的決定是不可能改變的。

　　自己應該怎麼辦呢？是做村民的尾巴，還是堅持執行上級的決定？無疑，只能站在上級一邊。在過去的歲月中，自己曾是村民們的旗手，保衛大堤的指揮者。現在要調過頭去，和鄉親們唱對台戲，而且拿他們的生命財產做賭本，親手去挖斷大堤，引洪水吞食家園，他怎麼辦？又怎忍心去做？

　　萬國對自己吶喊：「我孫萬國不配做鄉長，我不要挖斷大堤，我絕不做毀家滅園的『劊子手』，我寧可丟官，也要去找上級說理，反對破壞堤壩，引洪水入圍！」

　　孫萬國從大堤上彈跳起來，向堤外奔跑，他要去找縣長、找省抗洪指揮部。

二

「孫鄉長，跑得這麼快，要去哪裡？」迎面問話的是公安局長，縣裡抗洪指揮部的劉崇指揮，他阻擋了孫萬國的去路，氣喘吁吁地問。

「劉局長，怎麼樣，大堤能保嗎？」

萬國沒有回答劉崇的問話，而急著問。因為劉崇是到省裡去參加抗洪緊急會的，他盼望能聽到不放棄大堤的好消息。「時間緊迫，我們邊走邊談吧。」劉崇不經萬國同意，拉著他的手就往回走。萬國對劉指揮的舉動，抱著一線希望，邊跟著他往回走又迫不及待的問：「大堤能保嗎？」

劉崇的雙腳移動得快，嘴上卻是雞毛敲鼓「沒回音」，急出了萬國一身的大汗。

走了好一陣，劉崇才說：「孫鄉長，我們是多年的朋友了，眼下，洪魔又把我們推進了同一個戰壕，身為抗洪救災的指揮幹部，我們不能和政府和全局有半點離心的行動，你說是不是？」

劉崇兜著遠圈子說。

「老兄，這還用說嗎！今天你是怎麼啦，婆婆媽媽的，快告訴我上級的決定呀！」萬國催促說。

「上級的決定是帶板凳坐車呀！」劉崇打了一個比喻說。

「怎講？」萬國一時沒有會意過來，問道。

「這叫長遠之計，眼下武漢三鎮告急，長江幹堤、沿江城鎮鄉村如履薄冰，上級決定放棄我縣的大堤，分洪入圍垸。」

「你是說總指揮部已決定炸掉堤壩？讓洪水淹掉我們的家園嗎？」萬國打斷劉崇的話問。

「是的，國家國家，有國才有家。我們的家都在圍垸內，但必須放棄，明天中午十二點就要排水，現在離炸堤時間不到二十小時了，我們要盡快疏散村民。增援的解放軍和車輛船隻很快就到了，必須火速行動。」劉崇的話雖很傷感，卻表現出軍人的果決。

「不能再向總指揮部懇求，改變決定嗎？」萬國哀求著問。

「做父母的要把心愛的獨生兒子送上戰場，那是迫不得已的事，眾多的水利專家日夜奮戰，巡查研究災情，如果不是走投無路，是絕不會出此下策的。」劉崇感慨地說。

「我們能保住大堤，其他地段為什麼不能保住？我們組織『敢死隊』去支援危險區。走！我們去找縣長、找省長，不要放棄這裡的田園村莊……」萬國激動的說。

三

「不要去找，我來了。」兩人正說著，一位身材高大、頭帶草帽、身穿粗灰布衣，腳穿解放鞋的山東大漢來到他們中間接話。來人正是房克全縣長。

「房縣長，我們能保住大堤，沿江軍民那麼多為什麼保不住？長江那麼多水，我們圍垸內也儲不了多少呀！牛犢拉大車，車拉不動，牛犢反會累死的。」孫萬國聲音顫抖，與其說是懇求，還不如說是在抗議。

「對，賠上這十多萬畝土地，也許仍不能收服發瘋的『蛟龍』。但是，多少能降低下游的壓力。現在長江幹堤已在水中泡了四十多天了，沿江像樣的垸子差不多都水滿為患，證明它已再無法負荷。如果這裡的大堤放棄後，險情仍不能緩解，就只能荊

江分洪，那損失就更大了。」房縣長雖在充當說客，所表達出來的情感，更多是無奈。

「再沒有保住大堤的希望了嗎？」萬國沮喪地問。

「在指揮部召開的緊急會上，我和你扮的是同樣的角色，也反對炸掉大堤。可是，最後我服從了。朱總理在九江大堤閘口視查災情，當數千名搶險戰士齊喊，有決心堵住決口時，朱經理感動得雙手抱拳作揖，流下淚水。一國之總理，身體力行，如此與人民心連心，我們還怕什麼困難呢？孫鄉長，你是村民們愛戴的好幹部，這關鍵時刻，望你做群羊的好帶頭羊。眼下，時間貴如金，不要再多想了，火速動員村民們疏散到安全的地方去。」

孫萬國啞然了，全身像被泰山重壓，喘不過氣來，他又落淚了，人們說男兒有淚不輕彈，只是未到傷心處。放棄大堤，是毀家滅園的事，他又怎麼不傷感呢？

「孫鄉長，不要太難過了，村民們會理解我們的。」房縣長拍著萬國的肩頭說。

「時間不多了，緊急動員村民疏散，能帶走的東西盡量帶走，減少損失。」房縣長看了一下腕錶說道。這是命令，破堤戰鬥的序幕就這樣拉開了。

四

長江在咆哮，放棄大堤的消息傳開，幾萬村民一下子沸騰了。不少人不理解上級的決策，拒絕離開家園，以「死」和抗洪幹警對抗。

一些喪失理智的群眾，手執鐵鍬、鋤頭，肩扛沙袋，浩浩蕩蕩湧向大堤。

「我們與大堤同生死，共命運，絕不離開，誰敢動大堤一鍬土，我們就和他拼了！」村民們怒吼道。

「天下哪有這種事，自己挖堤淹自己！」叫喊聲一浪高過一浪，此起彼落。

公安幹警們自動築成人牆，把抗洪的指揮幹部們包圍在中間。外面的村民越來越多，裡三層外三層，到了白熱化程度。房縣長撥開人群，來到村民中間。他高聲喊：「鄉親們，大家靜下來，聽我說幾句話！」群眾的喊聲由高到低，漸漸地小了。

房縣長說：「如果我的身體能擋住洪水的話，你們可以馬上把我丟到江中，一人的生命能換取眾多人幸福，捨身是值得的。但是，目前長江發『瘋』了，沿江大堤、沿江城鎮村莊告急，放棄我縣部份大堤，分水入圍垸，是上級的決定，必須服從。有遠慮，才無近憂。鄉親們，你們中年長的可能不知經歷過多少次天災人禍了，請你們回想一下，有那一個朝代在大災過後，會賠償你們的損失呢？災年那妻離子散，民不聊生，屍骨遍野的慘狀，大家不會忘記吧！」說到這裡，人群中傳出了抽泣聲。房縣長繼續說：

「我知道離開故土家園是傷心痛苦的事，但這是無可奈何的事。不過，我可以向你們保證，政府會賠償你們所損失的糧食、房屋、牲畜……等等。」

房縣長的話高亢有力，一點都不含糊，人們開始平靜了。

「賠！你拿什麼賠？到時候，你們當官的恐怕人影都找不到！」突然，人群中不知誰這麼叫了幾聲。人們像大熱天的乾柴，見了火星子，又燃燒起來了。

「你有本事去扒別處的堤！」

「你是出賣我們的昏官！」罵聲、喊聲混成一片。

　　公安幹警見形勢危險，撥開一條路，圍住了房縣長和其他幹部。有些喪失理智的村民甚至用鐵鍬、木棍打公安幹警，但始終沒有人還手。

　　孫萬國再也不可緘默其口了，他雙手抹著淚，顫聲說：「鄉親們，我萬國是喝圍垸裡的水，吃圍子裡的糧長大的。我家的樓房是全家人辛辛苦苦，勒緊腰帶積下來的錢建造起來的，其中還有娘一輩子織魚網的每一角、每一分錢。我的心情和你們一樣，怎捨得讓它沖走呢！圍垸內有你們的家，也有我的家呀！但是，我們要以大局為重，相信政府，不要磨時間了，趕快回去收拾東西吧！」

　　「別聽他胡說八道，當官的是一鼻孔出氣的，到時候他們還不是近水樓台先得月，發國難財的見得還少嗎？」有人又在煽陰風。

　　「不要聽他的，他是個沒脊樑骨的鄉長。」有人在火上加油。

　　幾個憤怒的村民，推倒戰士，衝到孫萬國面前，二話不說，捉住他的衣襟，狠狠甩過去，萬國四腳朝天的跌倒在堤上。

　　「不要拿我們本地人出氣，叫那個縣太爺答應我們的條件。」有人又在出點子。

　　孫萬國艱難地支起疼痛的身子，說道：「鄉親們，我確實是個不稱職的鄉長，從現在起我就不當鄉長了。不過，是我帶頭動員你們撤離，我有責任為你們重建家園，洪水退後，政府撥下來的救災物資和經費，我保證逐戶送到家，如果違背諾言，你們隨時都可掀了我的屋頂……」

　　「孫鄉長，我們有氣，所以剛才……」

　　「我理解，別放在心上。」萬國打斷話。

　　遠處，傳來了汽車的喇叭聲。

　　劉崇說：「鄉親們，破堤排洪是上級的決策，除老天爺誰都不可違抗的，快回去搬家吧。不然就來不及了……」

村民們個個鐵青的臉上，汗水和淚水奔流著，無奈的向快要宣佈死刑的圍垸走去。

孫萬國這條七尺鋼鐵硬漢，彷彿經歷一個世紀的痛苦和折磨，他的眼窩更深陷了下去，本來就有點兒高的面骨更凸了。亂蓬蓬的頭髮壓在已曬得像混血黑人的額頭上，面上毫無表情。

夜已很深了，大堤上，圍垸內燈火通明，反對破堤的村民，走了一批又來一批，抗洪的幹警們說乾了喉嚨，說破了嘴皮。

五

天亮了，遠眺上游，烏雲翻滾，不用說，又是一夜豪雨。長江在奔騰，一夜間水位升高到三十八點一六米，超過警戒水位三米六四。圍垸內，女人哭，孩子叫，牲口吼，汽車喇叭響，一派戰場上敗退的情景。

「孫鄉長，回家去料理一下吧。」房縣長關心的說。

「就叫我萬國吧，別叫我鄉長，我已當眾辭職了。家裡秀雲和娘會安排妥當的，我還是留在這裡好，擔心……」萬國本想說，擔心還有村民來鬧事，他把到嘴邊的話硬吞了回去。

「辭職，這是你一廂情願的事，我這個當縣長的還沒舉手呢。常委們能通過嗎？不過，重建家園倒真的需要幾把關心群眾的好手。過去，也許我們放的空砲太多了，群眾不相信我們。人們常說：『一朝被蛇咬，十年怕井繩。』所以我們許下的願必須兌現。」房縣長和萬國在大堤上走著談著。

時間永不歇腳，快到正午了，酷熱的陽光照射在波濤起伏的江面上大堤上。堤下，黃澄澄的稻殼沒有盡頭，它們怎麼知道霎時就要大難臨頭呢？

每個人的心都在猛跳。解放軍、公安幹警，過去是為保衛人民的生命財產而戰，現在卻要去親手挖開大堤，讓良田變成澤國。他們於心不忍，但是，此刻只有堅決執行命令的義務，而沒有討價還價的餘地。

官兵們來自五湖四海，有的人家裡也受災，一張娃娃臉的朱小三，前天接到家書，家鄉被水淹了，八歲的小妹被洪水沖走，屍體都沒有找到。官兵們緊握武器的手，現在握著鐵鍬，鋤頭，嚴陣以待。

十二點到了，大堤挖開了一條缺口，一些村民又湧上大堤，有的奪了戰士手中的工具，有的把挖堤的幹警推倒。一位白髮蒼蒼的老太太，撥開人群，雙腳一伸躺倒在挖開的缺口上，不讓幹警的鐵鍬再落地。有的村民們認得出，那是孫鄉長的母親。

孫萬國見狀，飛快奔跑到母親面前，一頭跪下，淚流滿面的說：「娘，我們好不容易才說服了村民，您怎麼可以這樣做呢？從小，您教育我要聽黨的話，現在抗洪搶險是中南海最高領導在親自指揮，您不能做傻事，遺臭萬年啦，快起來，不要妨礙執行上級的命令。」

孫老太太緊閉雙眼罵道：「走開，你這沒有用的東西，大堤都保不住，不要叫我娘……」

孫媽媽是遊擊隊員，她是天不怕地不怕的。聽見兒子帶頭挖堤引洪水入垸，氣昏了，以死對抗。

「娘，您起來，起來呀！」萬國搖喊著，想抱她，孫媽媽狠狠一巴掌，打得萬國兩眼冒金星。

「這老太婆破壞抗洪，把她綁起來。」幹警中不認識老太太的年輕人喊。

「不可莽動。」房縣長大聲說。

「時間已過了，怎麼辦？」又有人問。

「耐心說服，不允許發生衝突和任何意外。」房縣長命令道。

「房縣長，指揮部來電話，要你親自去接聽。」一位值勤警衛跑來告訴。

「知道了，你回話，我馬上打回去。」房縣長說，他隨手拿起手提電話，按下了一串數字。

房縣長簡單的彙報了堤上的情況。

總指揮部再三強調：「既要完成分洪任務，又不可造成不必要的損失。千方百計，排除萬難，三點鐘之前一定要破堤排水。」

「克全知道了，堅決完成任務。」房縣長發誓說。

「你們都聽見，姓房的出賣我們，向上頭領功。我們跟他拼了，他能完成『球個』任務。」又有人唯恐天下不亂，冷言冷語引火。

「鄉親們，武漢告急，必須儘快破堤排水，你們退下。」劉局長和一些解放軍、公安幹警手拉著手，壓迫村民步步後退。

六

正在緊張時刻，一輛軍用摩托車風馳電掣般來到大堤上。車上的年輕軍人一跳下車就問：「孫萬國伯伯在此嗎？」

萬國起身迎過來說：「我就是，有何事？」

年輕軍人伸出雙手客氣道：「孫伯伯，您好，我叫葛華，孫明海是我們的副連長。」

「這裡鬧哄哄的，天氣又熱，請到哨棚內坐。」萬國聽到是兒子部隊來的，猜不透什麼事。

「不用客氣，這信是團部叫我送來的，孫副連長在抗洪搶險中……」葛華將一個文件袋交給孫萬國，他本想說的話只說了一半，突然剎住了。

孫萬國接過信袋，抽出裡面的公文紙，一目十行。突然，他的雙手像篩糠似的顫抖，淚水漱漱奔流，嘴裡喃喃道：「海兒他，海兒他，他他他……」萬國泣不成聲。

「海兒他怎麼了？」房縣長從萬國手上奪過公文，急著問。萬國沒有回答，房縣長已從公文中知道了一切。

「朱總理還在九江，海兒是好樣的，你們全家都去送他一程吧。」房縣長含著淚說。

孫萬國痛苦的抽泣著說：「人死已不能復生了，讓阿雲和小明先去吧。村民們這麼衝動，還有我娘，我不能離開這裡……」

孫媽媽微睜一下眼皮，見人們圍著萬國，本以為自己這一招感動了縣官，大堤可以不挖了。側耳細聽，兒子在哭。她猜：難道縣長在拿萬國興師問罪嗎？為了村民，害得兒子耗子鑽風箱，兩頭受氣，她有點後悔了，正想著怎樣找台階下，從缺口上爬起來。忽然，好像聽到有人說海兒死了。

孫媽媽像被電觸一般，一個翻身坐起來，忙問：「你們在說什麼？海兒他，他他怎麼了？」

海兒是孫萬國的大兒子，孫媽媽的心肝寶貝，現在某部當副連長。大家你望我，我望你，沒有人敢告訴孫媽媽真相，空氣彷彿凝固了。停了好一陣子，房縣長才說：「孫媽媽，妳的孫子，為抗洪獻出了自己的生命，是好樣的。」

這是晴天驚雷，一下子把老人的頭都震昏了。

她哭喊著：「海兒不會死的，海兒不會死。海兒會回來，海兒會回來……」

　　萬國的妻子和小兒子也趕來了，全家哭成了淚人，村民們，幹警們你一言我一語，都在勸說。

　　「王團長，請派一部車，盡快送他們全家去部隊。」房縣長對來支援抗災的砲兵團長說。

　　「好，就用我坐的車好了。」王團長答得乾脆。

　　「孫鄉長，趕快動身吧。你家裡的事，我們馬上派人去料理。」房縣長對萬國說。

　　孫萬國含著淚說：「房縣長，百萬大軍在抗洪第一線，犧牲何止一個海兒。眼下挖堤排洪水最要緊。」

　　眼前的一幕是活教材，疲憊的村民們放下了奪來的工具，幹警們又繼續挖堤。

　　血紅的太陽眨著眼睛，寬闊的大堤挖開了一道縫隙，渾濁的江水湧過來，流向垸內。缺口一尺尺地加寬，江水漫過堤壩，滔滔奔流。村民們淒然呆滯地望著決口的大堤，望著沖毀的家園，望著失去親人的鄉長一家老小，他們的眼睛濕潤了，不少人哭出了聲。房縣長、王團長、劉局長、孫萬國和幹警們站在決口邊，滾滾奔騰的洪水，沖刷著他們的鞋襪，衣褲，也沖刷著他們的心。

　　沿堤傲岸的白楊樹向人們告別了，十多萬畝良田成了汪洋。在抗洪搶險中，這是一場「棄車保帥」的戰鬥，給人們留下了無限的遺憾。然而，它為抗洪搶險，保衛武漢、保衛長江幹堤、保衛兩岸城鎮、鄉村，譜寫了壯麗的詩篇。

小　郎　本名郎太碧，曾在大陸軍中任圖書員、工廠銷售業務主管，退休後定居美國，自由投稿，在各報刊發表散文、長短篇小說四十多萬字。著有《三代美洲移民剪影》一書，現任本會秘書長。

詩篇

詩篇
詩篇
詩篇

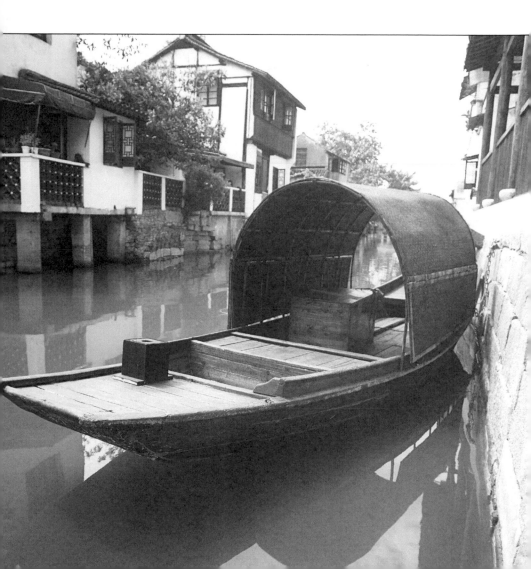

故國神遊

◆如禾

一

中華建肇九九年，時序庚寅虎嘯天。

老叟健步婿女隨，故國神遊第十篇。

二○一○年時序虎年，四月下旬，九一叟偕女與婿十遊神州，作打油詩寄興。

二

香山公園碧雲寺，中山先生紀念堂。

謁靈虔叩衣冠塚，飯店幽雅美名彰。

早上下機後即到香山掃墓，是祖父伯英公之衣冠塚，隨後到毗鄰的碧雲寺參觀。此寺具有皇家寺廟的氣派，國父孫中山先生逝世曾停靈於此。寺內有中山先生紀念堂，記述生平事蹟並展出許多珍貴照片。在松林餐廳午飯後，信步經過香山公園到貝聿銘先生設計的香山飯店參觀，中庭設計典雅，池水映照四周景觀，別有特色。

三

明十三陵建宏偉，永樂北京續德基。
康陵武宗正德帝，長陵如今登世遺。

明十三陵已有六百年歷史，其中長陵是明朝首位在北京建都
的成祖永樂皇帝朱棣之陵。佔地廣潤，氣勢雄偉，倚山帶水，為
眾陵之首，現已登錄為世界歷史遺產。以前看過的是神宗萬曆皇
帝的定陵，這次參觀完長陵後，又路過幾座沒開放的明陵，如仁
宗的獻陵，英宗的裕陵，又經過武宗正德帝的康陵，隨後到康陵
村吃春餅宴，很有農家菜的風味。

四

中山公園護城河，來今雨軒闊長廊。
昔年曾伴愛妻臨，此次重遊聆樂音。

六十餘年前，曾與妻遊此園，並訪「來今雨軒」。此次再臨在
「來今雨軒」晚餐，後至中山公園音樂廳欣賞小提琴和鋼琴演奏。

五

什剎海前舊遊地，荷花市場不復前。
煙袋斜街銀錠橋，烤肉季已非等閒。

什剎海原有荷花市場，賣新鮮菱角和許多零食，現改成多家
大餐廳和酒廊，已失舊時風味，銀錠橋旁的烤肉季原為小攤子，
現建成大飯店，名字依舊。我小時住在什剎海附近，這些都是舊
遊之地，如今已不復舊時模樣矣！

六

蔚然首都博物館，史蹟模形收藏珍。

梨園會館傳劇藝，伶界名家淵源深。

　　首都博物館要先預約，但因我年長得以進入參觀。其中有真人模形，北京的四合院和一些民俗藝術，富含史蹟。梨園會館內展出眾多珍藏匾額，顯示京劇演變源流，見有名伶譚鑫培等科班劇本。

七

北上承德入熱河，明代山嶺建長城。

望京樓上觀環宇，司馬台城險難登。

　　承德原為熱河省會，現劃歸河北省。在往承德途中，見明代依險峻山嶺修築的司馬台長城，雄偉壯觀，長城上建有望京樓，據說天霽時可見北京，城險陡峭難登。

八

避暑山莊四知屋，致爽齋內覽煙波。

布達拉宮外八廟，普寧黃宇千手佛。

　　承德避暑山莊，由康熙開始的清代皇帝都在此避暑，嘉慶咸豐二帝逝於此莊。避暑山莊內有山區和湖區兩部份，我們乘坐園內電瓶車，見滿山杏花怒放，十分美麗。湖區也很別緻，有一石碑上書「熱河」，是溫泉的源頭，熱河由此得名。

九

孔廟比鄰國子監，皇帝講學稱辟雍。

科舉取仕流傳久，祖題橫懸高堂中。

北京孔廟與國子監在一起，國子監內有一舘詳細介紹科舉制度的起源和歷代開科取士的演變，成為中國獨特的選拔人材制度。我們發現祖父伯英公有一篇題幅「群鴻戲海」今仍懸在舘內。國子監內皇帝講學之處稱為「辟雍」，皇帝講一句，由內閣大學士、鴻臚寺卿、御前侍衛依次宏聲傳下去，因為當年沒有麥克風，外面跪著數千國子監官員及太學生，及有榮幸聽皇帝講學的大小官員，得靠傳聲方能聽得聖上講學。

十

快車半時抵天津，兄弟姊妹聚一廳。

采和一家融四代，樹和伉儷詩畫精。

北京至天津的快車僅半小時，在天津與樹和弟及采和妹兩家團聚。弟妹兩家皆兒孫滿堂，身為長兄能與數代人齊聚，談天說地不亦樂乎。

十一

高鐵西下到太原，山西晉祠歷史淵。

三寶建築三名匾，三銘序自武則天。

山西太原郊外的晉祠歷史悠久，為三晉地區最古老建築．以三寶（難老泉，宋塑女像，周柏）聞名，三塊名匾，及武則天題

的三銘序。建築以重簷山頂，殿周圍廊採用減柱法，柱上盤有八條木雕蟠龍最著名。形式古樸，保留宋代的建築風格。

十二

平遙建城興晉史，商賈淵遠添文明。

境內物博多設館，各含特色與鄉情。

山西晉商專營錢莊票號，執全國票滙牛耳。各家票號東主累積財富後，為家人興建大宅，惠及宗族，逐漸形成山西特色大院，留下史蹟遺物眾多，平遙城保留古縣城風貌，不同博物館，保存個別特色文化。

十三

晉商元老日昇昌，票號垂範耀四方。

內外規格嚴式樣，眼界大開嘆流長。

日昇昌票號，是早期著名錢莊，聞名於北京及西北一帶商界。內部組織結構嚴謹，分號遍佈全國，誠信恆久，堪為晉商典範。

十四

喬家王家兩大院，平遙古城登城垣。

投宿德勝樓客棧，寧靜安詳夜好眠。

喬家大院因影劇借此地拍攝而出名。王家大院稱為民間首院，院廣有千屋之多，涵蓋王氏宗族，外圍有宏偉院牆，氣勢不凡。類此大院在山西境內有數十家之多，形成山西特色。

十五

介子綿山古知名，中國寒食清明鄉。
晉公燒山成憾事，高節流傳百世芳。

綿山有個介子推的故事，介子推是春秋時代晉國人，因侍母不願為官，遁入綿山，晉文公為了找他不著，放火燒山，竟燒死他們母子，遂定該日為寒食節。為紀念介子推而改綿山為介山，近年又改回綿山原名。

十六

綿山微雨入客房，雲峰墅苑山腰旁。
酒肆暫歇嚐野味，夜眠寧靜似仙鄉。

綿山雄偉奇特，山路沿峽谷蜿延而行，寺廟依陡峭山壁而建。入綿山，宿雲峰墅苑，位在抱腹岩邊，也是依山而建，樓高十五層，展望極佳，傍晚微雨，夜靜安詳。

十七

雲峰寺在抱腹岩，唐僧泥身藏寺間。
正果寺旁禪房後，七級浮圖立山巔。

雲蜂寺位於山間抱腹岩內，寺內有修成正果的唐代僧人，後人以泥裡僧骨，塑成金身泥像。不遠的正果寺內，也有八尊得道高僧的包骨金身，正果寺邊聳立一座七層寶塔。

十八

綿山出遊來去匆，半日太原省城中。
博物館藏起唐宋，觀罷猶嘆史無窮。

山西太原博物院，以眾多精美商周青銅器聞名，並珍藏唐宋以來名瓷甚多，觀賞半日，竟不及半。嘆中華歷史文物之豐富無窮。

十九

蘆溝橋畔紀念館，人民抗戰收錄豐。
功績顯赫英雄事，未盡壁上圖像中。

蘆溝橋人民抗戰紀念館，十三年前館內只提及平型關戰役。如今圖像甚豐，也提到國民黨參與抗日，卻略去蔣委員長領導抗戰，及鎮守宛平，在蘆溝橋領頭開第一槍的英雄吉星文。

二十

七月七日炮聲臨，倭寇興兵犯宛平。
蘆溝橋畔刀兵陣，八載驅敵遁東瀛。

老叟再訪蘆溝橋，此為第三次也，憶當年雪恥抗敵，投筆從戎，艱苦血戰八年，擊敗日寇，終得興邦，使此橋名垂千古。

如禾　本名張如和。曾任中央軍校與陸軍軍、師、團多種要職，和總統府高級參謀、國防部參謀次長、聯勤副總司令、國防部顧問等職務。曾獲儒家仁本思想（中國語言學會）獎章。出版《三十年華》等書。

峽江攬勝
——寫於三峽大壩蓄水前之告別遊

◆文馨

身在游輪面對峽川
滾滾江流迂曲迴轉
山水畫廊壯麗奇絕
人文景觀神異夢幻

夔門險峻　雄視古今過客
神女秀頎　俯瞰滄桑變遷
靈芝、銀窩　秀峰奇灘峻險獨絕
琵琶、銅鑼　金聲珠韻空靈四濺

龍門石孔之先人設棧
大寧懸棺千仞　絕壁羅布
不解謎悟千年
仙姬授禹天書　首創開峽治水篇
巫山猿人化石　見證亞洲人類之源

屈子楚辭騷賦
開啟中華愛國詩篇

明妃和親出塞
民族大義以身許獻
詩聖聞官軍告捷
急穿巴、巫詩書漫卷
詩仙蔑視權貴
朝辭白帝輕舟萬重山

楚項羽神箭穿山梁　直指南天
宋陸游洞穴一絕　壁刻詩詞連篇
大寧、馬渡　千年沉睡方醒
舟子船客共譜漂流新篇
西陵、羕陵　雙雙比翼齊飛
峽江虹霓寫意現代流變……

初涉峽江卻名之告別遊
豈能不倍加流連眷戀
更哪堪夾岸迤邐廢城蕪園
默默訴說移民群體偉大奉獻
讓我們拭目祈望鳳凰涅槃的明天
——祠廟古蹟古制新翻
新城優居崛起峽肩
中堡島永沉壩底
三斗坪高峽平湖驚艷……

文　馨　本名周殿芳。武漢市高級中學教師,「香港文藝家」等雜誌專欄
作家,並在中、美華文報刊發表作品。本會會員。

官場臉譜

◆華之鷹

　　凡國家都有一個政府組織機構，封建王朝統治時代，稱作衙門，裡面工作的官吏統稱老爺或大老爺。到了民國時代，政府機關工作人員，改稱公務員，主管人物加上一個××廳長，××處長或××科長等等。從一九四九年後，工作人員初時稱作勤務員，後來改稱幹部，所有主管也帶上「長」字，其意號稱「為人民服務」，要造福於民。

　　歷來上述人物分為兩大支，一支是腳踏實地，認真確實替人民辦事，故尊稱這些人員是清官廉吏，能沿頌百年美譽。

　　另一支即是瘟官髒官，這些人對待老百姓，是瞪眼睛，吹鬍子，拍桌子，挺著大肚子，佔住大房子，摟著小娘子，撈著大票子。老百姓天天盯著他們，記在心頭，一筆一筆的描繪這批瘟官髒官的臉譜，以十字令或順口溜的方式，傳播民間。

　　清朝時代有一則十字令和順口溜，錄後供諸君賞析：

　　　　一命之尊稱得，二片竹板拖得，三十俸銀領得，四卿地保傳得，五大嘴吧吃得，六角文書發得，七品堂官靠得，八字衙門開得，九個姨妾摟得，十兩鴉片抽得。

民間傳誦的順口溜以《五大天地》為典型。

> 你到任時，想金天銀地；
> 你沒事時，就花天酒地；
> 你審堂時，鬧得昏天黑地，
> 老百姓喊冤時，你恨天又恨地；
> 你卸任混蛋時，大家謝天謝地。

在民國初期，民間也出現十字令。錄下：

> 一根文明哭喪棒掛著，二餅水晶眼鏡戴著，三炮台英製香煙抽著，四季皮棉單夾襖穿著，五蝠壽圖花馬掛罩著；六必居醬油醬菜吃著；七個姨太丫鬟圍著，八個人抬的大轎坐著，九個聽差老媽廚子喚著，十足虛空架子擺著。

　　上世紀七、八十年代後，老百姓對一批庸才及腐化墮落的官僚分子，稱他們是天天掏漿糊的貨色，是挺能混日子的族群，及時給這批人物畫臉譜。下面錄幾則順口溜：

　　《好了歌》原出在曹雪芹筆下的《紅樓夢》書中，作者套用改編成《新好了歌》：

> 世人都曉倒爺好，倒來倒去都發了；
> 只要能把大錢賺，道德良心全黑了。
> 世人都曉後門好，這個門子更大了；
> 不管事情有多難，最後全部都辦了。
> 世人都曉扯皮好，不費氣力不費腦；

扯上三年又五載，問題自然消失了。
世上都曉官僚好，這頂帽子妙極了；
出了問題別害怕，戴上帽子沒事了。

《庸才官僚分子》：

　一手捧茶一手煙，
　一張報紙遮著面，
　不到中午先吃飯，
　午覺睡到過兩點，
　拉開抽屜看一眼，
　跨上鐵馬回家轉。

《庸才官僚面譜》：

　上午開會，打盹。
　中午吃飯，打嗝。
　下午上班，打哈。
　傍晚加班，打牌。
　半夜回家，打架。

《髒官面譜》：

　沒有好處不辦事，
　有了好處亂辦事，
　歪門邪道好辦事，
　送來女人辦大事。

《腐敗分子臉譜》：

濃茶泡著，香煙叼著。
沙發躺著，報紙看著。
手機掛著，小車坐著。
補藥吃著，美酒喝著。
肚皮豉著，時裝穿著。
小姐摟著，舞廳跳著。
桑拿涮著，麻將搓著。
私房佔著，情人養著。
親朋護著，後門開著。
出國兜著，賭台坐著。
公款花著，洋貨買著。
救濟領著，白條批著。
成績吹著，問題拖著。
財務瞞著，檢查躲著。
小辮留著，尾巴藏著。

《都在裡面》：

忙碌的公僕在包廂裡　　重要的工作在宴會裡
幹部的任免在交易裡　　工程的發包在暗箱裡
該做的工作在口號裡　　需辦的急事在會議裡
妥善的計劃在抽屜裡　　應剎的歪風在通知裡
扶貧的幹部在奧迪裡　　寶貴的人才在悼詞裡
優質的商品在廣告裡　　輝煌的數字在總結裡

　　據說權力有了，金錢也來了，養小蜜、摟情婦也多了，辦不成事更多了，捲逃國外的髒官也成批成群，聽說有六千多人，給老百姓留下負面印象，必須大力治理，才使老百姓安心樂業，故而老百姓的順口溜，等於敲響了警鐘，最高領導階層應該清醒的看到這些順口溜的重要性。

華之鷹　本名酈掃疾。在中國曾服務於麗雲師管處司令部，浙江省政府社會局，正一晨光通訊社記者、採訪主任及多家報刊美編兼編輯。移民美國後已發表十五萬字作品。本會理事。

祝福

◆鄭錦玉

夜已深　風已冷　大地沉睡寂靜中　這一刻　內心平靜
無有那擾亂的雜聲　一陣風　花意濃　其味清香環繞中
芬芳馨　清醒沉默的心靈　願你我　永遠不斷展開笑容
一起渡過每一段修道路程　多少情　熱淚擁　人生難免失敗過
經歷過　才能繼續奮鬥堅持的把握　好前程　期待中
一步一步的移動　傷和痛　點點滴滴化成風　願心中
永遠保留寬大肚容　陪你面對每一個苦海眾生　相牽手
牽引無數的頑童　路匆匆　路上行人跟隨從　緣份濃
有緣就能千里相逢　你和我珍惜在燦爛的光榮　要成功　須付出
克服障礙於險凶　每一關　考驗重重讓自己一層層突破　生命裡
喜悅雍

樂觀人生處圓融　願心中永遠不變赤懷初衷　青春彩色創造一片
藍空
春秋的變換　笑著花落　雪舞的季節　雖然美好
再好的年華　歲月如流　幾許悲歡苦愁
歷歷的往事　幾堪回首　誰能來擺脫　世間困擾
領悟人生諦　抉擇修道　樂道自在悠遊

就算遇有風霜　也要勇敢衝破浪濤

邁向更廣闊光明神州　只要你能堅定自強初衷守

挽轉世界狂流　兼善天下行於道

鄭錦玉　筆名鄭又溶。宗教教育博士，美西台灣客家同鄉會會長、中華儒教聯合會榮譽會長、普林頓大學宗教研究所所長、中國白城師院客座教授。出版《一代戰神孫立人將軍》等書。現任美國崇德儒學會會長，本會會員。

珍惜人生

◆朱凱湘

從長長的夢裡，甦醒過來
不知是悲是喜。
人的故事，不斷的在上演，悲慘，坎坷
那裡有完？
只有堅持，再堅持
或許有撐過去的機會。
願生活在幸福中的人們
對世間的事物付出……
真正的關心和珍惜
理解周遭的一點一滴
並且伸出一雙閒著的手
而不讓許多只說不做的空話
成為大海中沉浮的一堆泡沫。
然後浸在晚霞光輝中的你我
縱然握不住
那曇花一現般的美好
但能像珍珠似的一顆顆的串起
掛在心上或永留心底。

為每一股吹過的和風而感激
為每一手溫煦的照拂而喝采。

朱凱湘　曾擔任美國洛克威爾國際公司電腦技術員。詩、散文多篇發表於報刊雜誌。本會副秘書長。

人生如夢

◆陳文輝

東南西北走一通，世界原來是虛空。
外表似乎很美麗，其實一片白濛濛。
做人好似在做夢，飄飄渺渺在其中。
夢裡不知身是客，只因雲霧一重重。
不知是誰來作弄，派來塵世要做工。
也曾做過水豆腐，也曾賣過莞茜蔥。
今晚天寒和地凍，縮埋屋角做蝦公。
寒來暑往催人老，苦難年年要過冬。
夜靜更深還未睡，無限思潮現腦中。
感嘆人生何太短，堪憐歲月太匆匆。
大好年華隨水逝，如今變了白頭翁。
金也空時銀也空，日後何曾在手中。
萬兩黃金帶不去，為它一世受困籠。
滄海桑田千萬變，來無影時去無蹤。
生如百花逢春好，萬種恩情愛亦空。
夫妻本是同林鳥，大限來時各西東。
深夜聽巴三更鼓，轉身不覺五更鐘。

往事如煙成過去，不如出外去輕鬆。
看看小鳥枝頭叫，聽聽流水響咚咚。

陳文輝　曾任台灣駐越南大使館館員、越南空降旅團團員。現為洛杉磯空
　　　　軍大鵬聯誼會、榮光聯誼會、旅美黃埔軍校同學會、北美洛杉磯
　　　　華文作家協會會員。

給家蓮

◆慕容

化我的思念為
白雲片片
飄過平原
越過峻嶺
飄到妳身邊
投給妳無限祝福！

化我的思念為
繁星點點
閃在黑夜
亮在凌晨
給予妳無限關懷！

化我的思念為
紅花朵朵
開滿原野
開滿丘陵

開滿妳的庭院
點綴妳的歡樂豪情！

慕　容　本名慕容皖寧，又名柳夢若。台北護專畢業，柏克萊加大進修。著
有《紅似相思綠似愁》、《夢也須留》等書。獲海外華文著述獎。

悼作協副秘書長
顏顯先生（外一首）

◆艾玉

《悼祭》

晴天一聲霹靂

先生乍然歸西

含悲遙祭摯友

萬言悼詞心寄

《思鄉情》

他鄉一聲問候

勾起了我的鄉愁

一到年節時候

倍感悲傷難受

異地街頭的逗留

頓時淚灑心揪

他鄉點點思愁
恰如涓涓的泉流
匯聚堵塞心憂
正是除夕時候
憶起家鄉的親友
剎間念情難收

艾　玉　本名劉詠平，第一屆海峽兩岸文化高峰會壇副團長兼秘書，現任
北美洛杉磯華文作家協會副會長，海外華文女作家協會會員，作
品散見於報刊與雜誌，作有：《風清月朗──教庭親王》。

論述

論述 論述

小說創作中的「主觀」與「客觀」

◆紀剛

　　小說創作需要天賦，也需要必要的技巧。相對而言，後者是許多小說創作愛好者更為關心的問題。為此，我想以長篇小說《滾滾遼河》為例，來談談我的心得。

　　在某種意義上來說，《滾滾遼河》是一部紀實體的作品。之所以這樣說，是因為在這部長篇小說裡，其基本的故事脈絡或者說基本的情節發展都是真實的，而且是我親身經歷過的。在當初日寇侵入我國腹地、亡國危險日益逼近的年代，千千萬萬的中華兒女奮起反抗，為此不惜拋頭顱灑熱血。當時我所在的東北地區也被日軍占領，我參加並目睹了許許多多的抗日志士以各種方式進行的反日運動。而在那段歲月裡，僅我知道的就有三千多抗日戰友被日本佔領軍殺害。這些英烈們雖然為國捐軀，但他們的形象卻是永生的，至少對於我來說，將永遠銘記著他們的事跡。基於此，在我來到台灣之後不久，心裡就萌生出一種要把這段難忘的歷史寫出來的衝動。

　　我之所以要提到這些，是要說明在小說創作中的一個至關重要的問題，就是小說創作中的主觀性與客觀性。對前者來說，

就是要對創作的作品抱有足夠的激情，包括作品中主題思想的醞釀、故事情節構架的擬定以及與此有關的人物性格的刻畫等等。我們常聽到一些著名作家提到文學創作需要激情，就是這個道理。其實不僅小說創作需要激情，包括散文、詩歌等在內的其他文學形式也是這樣。再推而廣之，其他一切門類的藝術形式諸如音樂、繪畫、雕塑等也莫不如此。其實想想這個道理非常簡單——作家寫小說是要給讀者看的，或者說是要讀者通過閱讀你的小說得到某些感悟和感動。而假如作者本人在創作時都缺乏激情，那怎麼可以想像感動讀者呢？還拿我的那部長篇小說《滾滾遼河》來說，我親身參加並在一定範圍內領導了當時東北地區的抗日救亡運動，親自體驗了當時日軍佔領下的恐怖，也耳聞目睹了幾千名抗日的戰友慘死在日軍的屠刀之下，其中一些犧牲的英烈是我非常熟悉的戰友，他們雖然為國捐軀，但他們的音容笑貌卻已經銘刻在我的記憶裡，使我終生難忘。就是這樣的激情，在我的內心裡激盪出一種要把這段可歌可泣的事跡寫出來留給大眾、留給後人的強烈衝動。

　　如果說具備足夠的激情是小說創作必備的主觀條件，那麼在客觀上還要做到精雕細刻，包括對小說整體故事構架的精心籌劃和佈局，對其中人物性格的多方面刻畫等等。這其中當然離不開寫作技巧，但要真正學會並掌握這些創作技巧卻必須做到多讀書，多思考，多揣磨，多用心才行。

　　比如我在寫《滾滾遼河》這部長篇小說過程中，除了對其中的整體故事構架再三思考，連其中人物的名字都費盡心力，力求做到與該人物在故事中的特定形象相吻合。比如小說中有一個女主人公叫「宛如」，而發生在宛如身上的愛情故事是這部小說整體情節構架中的重要一環。在當時日軍佔領的特定環境中，註

定了發生在那些抗日戰友們之間的男女愛情故事結局是不會完美的，因為當時那些抗日志士們幾乎每時每刻都面臨著被抓、被殺的危險。宛如是女主人公的名字，「宛如」姓孟，全名叫「孟宛如」，如果按西方習慣，也可以叫做「宛如孟」。其實我在這裡是取的「夢」的諧音，這樣叫下來便可以稱其為「宛如夢」了，暗喻著發生在她身上的故事猶如一場幻滅的夢。小說中還有一個男主人名為「紀剛」（紀剛是我本人的寫照），這個名字在當時也是費了一番心思的。「紀」暗喻著當時男主人公糾結不寧的心緒，而「剛」也有兩重隱喻的意思，一是隱含著他矢志不渝的抗日意志，另一方面也表示出當時他在自己深愛著的戀人面前斬斷情絲那種痛苦而堅定的心態。紀剛深深愛著自己的心上戀人，但正因為深深的愛戀，他卻不得不把這濃濃的愛情親手打得粉碎。因為在當時的白色恐怖下，他甚至不知道下一秒鐘自己是否還能活著，他不忍心在一旦發生不幸的情況下，自己的戀人將要承受的那種生離死別的巨大痛苦。因為愛得太深而不能相愛，這是多麼慘酷的事情啊！而在當時，這就是活生生的現實。當然，類似這樣的例子在《滾滾遼河》中還有許多。總之，要想寫好一部（或者一篇）小說，投機取巧不可取，打算走捷徑同樣不可取。

在小說創作中，還有一個問題需要注意，即在落筆伊始，就要確定該篇作品的體裁樣式，比如是喜劇還是悲劇？接下來就要依據確定了的樣式，圍繞著本書的主題進行總體規劃並盡可能地將體裁風格貫徹始終。試想一下，如果你在一部文學作品當中一會兒悲劇味道十足，一會兒又詼諧連篇，那必定會成為一個失敗的作品。在小說故事情節安排上，要具備統籌全篇的能力與應用技巧，比如在有的地方可以有意識地預先埋下伏筆，然後隨著情節的發展而逐漸將伏筆明朗化，這樣往往可以起到柳暗花明的

趣味性，而且從可讀性的角度來說也大有益處。又比如有些作品可以採取從故事結局開始描寫，是謂「倒述結構」，先用故事的結局抓住讀者的興趣，接下去有條不紊地娓娓道來，這樣安排往往可以營造出一種不錯的懸念效果。趣味性和可讀性是文學作品不同於史學教科書的一個重要區別，也是文學作品尤其是小說作品的魅力所在。中國歷史上有正史《三國志》和小說《三國演義》，顯然，後者所擁有的讀者群遠遠高於前者，如果再加上改編的影視作品，那麼這種差別就會更加懸殊。其中的重要原因之一便是後者屬文學作品，雖然在史料的真實性方面遜於前者，但由於它的趣味性和可讀性，所以必然會擁有大量的讀者。這也是為什麼我們在進行文學創作時必須要注意趣味性和可讀性的原因。大家知道，文學作品或多或少都有著虛構的成分在裡面，所謂的「無巧不成書」，說的就是這個道理。但虛構不等於胡編亂造，這裡所謂的「虛構」是建立在生活真實性的基礎之上。換句話說，文學作品裡的虛構僅僅是人物和故事情節的「虛構」，而不是背離了生活常識和生活邏輯的「虛構」。那麼在實際的文學創作過程中如何把握好這一點呢？除了作者應保持對社會、對讀者負責的創作心態，還需要作者具備豐厚的生活體驗。我們不能想像一個從來沒有在農村生活過的作者可以寫出一部栩栩如生的有關農村題材的文學作品來。我們知道不少作家在進行創作之前，那怕他對要創作的作品題材背景比較熟悉，也要進行大量的相關資料的查詢，甚至會親身趕赴相關地點進行生活體驗，而這正是為了最大程度地保持創作過程中「虛構」裡的真實。

如果上述所言更多的是指文學創作中的客觀真實的話，那麼與此同時，作者還要注意文學創作中的主觀真實（嚴格說來，所謂「主觀真實性」可以歸類於客觀真實性的範疇裡去，此處分開

來談只是為了敘述上的方便）。這裡主要指的是對作品中人物形象的塑造。相對來說，主觀真實較之客觀真實往往更難把握。俗語說「到那座山唱那首歌」。對待同樣一件事情，不同性別、不同性格、不同年齡、不同職業、不同文化程度，甚至不同家庭背景的人往往會有著不同的看法或觀點。這就需要作者具備準豐富的人生積累，以及對生活的敏銳觀察力。而要做到這一點除了需要作者具備基本的文學創作天賦，更需要長期不懈的努力。

那麼，在塑造人物形象的時候，我們需要注意那些問題呢？

稍有文學常識的人都知道，衡量或評判一部文學作品、尤其是小說作品成功與否的一個至關重要的指標，就是人物形象的刻畫。完全可以這樣說，人物是小說作品的靈魂。任何一部可以稱之為偉大的小說作品，其中必定有一個或一批被刻畫得栩栩如生的人物，這是毫無疑問的。真正在讀者記憶裡刻下深刻印象的往往不是小說裡的曲折故事，而是穿插在那些故事情節裡的人物形象。事實上在很多情況下，小說故事情節就是為特定的人物形象刻畫設置出來的，換句話說小說的故事情節是為人物刻畫服務的，而不是相反。之所以要提出這個問題，是因為不少初學寫作者往往把寫作重點放在作品故事情節的策劃上面，而忽視了對作品裡人物形象的刻畫。這樣的小說看上去故事情節繁紛曲折，但讀起來卻會給人一種嚼蠟的感覺，或者說猶如一杯白開水，喝下去沒什麼味道，其中的主要原因就是人物形象的刻畫沒有到位。這裡所謂的「人物形象」，主要指人物性格的刻畫。每個人有不同的性格，這種性格特徵應當貫穿於小說故事的始終。另一方面，又不能機械化、片面化去理解人物性格的刻畫。人物性格是一個綜合體，是在生活中或者說在小說故事裡不同的情節中多方面的展現出來。而且人物性格是複雜的，在特定的情況下甚至會

有變化。一個好人在某特定的情況下有可能做出犯罪的事情來。相反，一個平日裡品行不良者也有可能在某種特定情況下——或者說在某種特定情況的激發下——表現出一種出人意料的高尚行為。世上每個人的天性裡都有著善與惡的成分，只不過這種善與惡的成分在不同的人身上表現得不同而已，絕對的好人和絕對的壞人事實上是不存在的。因此，在對小說裡人物性格的把握上，既要有宏觀定位，也要有微觀意識，多方面、多場合、多層次地去進行刻畫和塑造。這樣的人物形象才會真正在讀者心目中「站立起來」，才不至於使小說裡的人物形象看上去「發育不良」。

　　小說創作中的「主觀」和「客觀」實際上是一個問題的兩個方面，既要求作者在進行創作過程中充滿激情，同時也要求作者具備足夠的寫作技巧。前面提到過，要真正做到這些，除了作者自身的天賦之外，更要求作者平日裡對生活的觀察和思考，而這種觀察和思考積累到一定程度，就會在心裡釀出一種不可抑制的創作衝動，也只有到了這個時候，才是下筆創作的最佳時機。除此而外，一個有志於小說創作的人，自然還須有必要的創作專業方面的知識積累，包括寫作訓練，也包括平時大量的閱讀，尤其是應當多研讀名家之名著，有意識地去揣摸、去學習其中的創作技巧，包括故事情節的起始、轉承和延展，也包括人物形象側面的刻畫等等。

紀　剛　本名趙岳山，曾任兒童專科醫院院長，曾在台南開設兒童科醫院。出版《滾滾遼河》、《諸神退位》、《做一個完整的人》等暢銷名著。本會顧問。

華文文學的孤兒
——南加的出版

◆周愚

　　六〇年代是台灣出版的鼎盛時期，但那時海外華文文學尚未萌芽。七〇年代台灣留學生來美漸多，少數愛好文學且具寫作能力者，寫出他們負笈海外新的生活體驗，由於對尚屬封閉的台灣讀者具有新鮮感，因此「留學生文學」曾掀起一股熱潮，但是海外那時仍無華人從事華文出版事業，這些作者的著作，仍需仰賴台灣的出版社方得以見天日，而這也僅是曇花一現。

　　隨著八〇年代台灣的華文文學市場衰落，加上國家開放觀光，人民出國容易，對海外的新鮮感也消失了，海外的華文文學作者出版著作漸趨困難。尤其是，從那時起，台灣、中國大陸、港澳及其它各地，湧入了大量華人，且其中不乏寫作專才，甚至成名作家，因此，使發表與出版的空間更受到壓縮，寫作量與出版量相比，更呈僧多粥少之勢。

　　中國大陸的情況與台灣大致相若，只是由於較台灣晚開放十餘年，初期情況也較台灣晚發生十餘年，但九〇年代以後大陸來美的人數遠多於台灣人，因此現在與台灣已近乎相同了。

　　從八〇年代起，海外的作者，除非是成名作家，或是作品確有獨特之處，始能獲得台灣出版社之青睞。大陸則從九〇年代起有這種情況。九〇年代以前，台灣的出版社為海外作者出書，首

版約二至三千冊，支付作者百分之十版稅；大陸的出版社為作者出書，首版約五千至一萬冊，支付作者百分之八版稅。數目微不足道，僅夠稿紙及郵費。但即使如此，作者至少尚可平衡收支。及至二〇〇〇年以後，海外作者在台灣出書愈來愈難，已如鳳毛麟角；而大陸則更要向作者收取三至五萬元人民幣的書號費（作者按：向國際標準書號代理商 ISBN 申購書號，每個成本約僅美金三十餘元，不到人民幣三百元），而且不負責銷售，要作者自負盈虧。在這種情形下，海外的華文文學作者，似已同為兩岸所拋棄，成為華文文學的孤兒。

美國擁有全球最多的海外華人，南加州擁有全美最多的華人僑民，當然也就擁有最多的海外華文作者，換句話說，就是擁有最多的華文文學孤兒。這些孤兒們，在其寫作之路上，所遭受到的挫折、委屈、辛酸，實不足為外人道。

但是現居南加州的這群華文作者，他們有一股文人的志氣，有一身文人的傲骨：他們熱愛文學，更為了延綿海外華文文學，並薪傳下一代的海外華人；他們有責任心、有使命感；他們不氣餒、他們無怨尤。在如此艱困的情形下，仍執著於寫作。其中隸屬於北美洛杉磯華文作家協會的文友，近三十年來，合計出版著作亦達百餘本之多（參看附錄）。

文友們出版著作的管道，除了如上所述，由台灣的傳統出版社出版，和在大陸出版以外，現在也能在美國出版。其一是由劉冰先生所創辦的「長青文化公司」；另一是北美洛杉磯華文作家協會所屬的「北美洛城作家出版社」，但二者均需作者自費。二〇〇〇年代初，自己也是作家的趙慧娟女士，在北加州南灣地區成立了一家「瀛舟出版社」，也為南加州的作者出書，且付給少許版稅，堪稱雪中送炭，南加文友多人受惠，藉此機會著作獲

得出版。但「瀛舟」終因文學市場低迷，維持不易，現已結束營業，殊堪可惜！

　　另一件事，對作者來說應是一項非常好的消息，二〇〇〇年代中期，台北出現了一家「秀威資訊公司」，以非常合理的收費為作者出書，也負責編排及封面設計，而且標榜「零庫存」。亦即作者可視需要先印若干本，再有需要可隨時再印若干本，就像照相後底片仍在照相館，要加洗時隨時加洗一樣，而不必一次就印兩三千本，避免浪費。南加有意出書的文友，不妨參考。

　　總結南加的華文文學出版，原本即無任何基礎可言，加上三十年來隨著台灣及中國大陸文學市場的萎靡，更是每下愈況，實可以先天不足，後天失調來形容。目前能收版稅，由出版社銷售之傳統出書已極為不易，惟有自費出書一途。這是大環境使然，生於這一代的海外華文作者的無奈！

附錄

北美洛杉磯華文作家協會會員出版著作概況（括弧內為筆名）：

張棻平（古冬）：
《浪花集》、《鮮河豚與松阪牛》、《食色男女在異域》等五冊。

何念丹：
《何念丹彩墨世界》畫冊。

劉詠平（艾玉）：
《風清月朗──教廷親王》。

營志宏（文起）：
《美國移民法》、《護國軍》、《立法院風雲》等四冊。

顏顥：

《命運方程式》（上、下冊）、《人生相對論》等四冊。

郎太碧（小郎）：

《三代美洲移民剪影》。

楊強：

《罌粟花開》（小說及劇本）、《天水的白娃娃》。

董國仁（長白山人）：

《姓名人物字畫》第一集。

荻野目櫻：

《夢湖》、《月光花》、《深沉的愛》（日文譯作）。

倉毓超（毓超）：

《古今文苑拾趣》。

劉耀中：

《榮格》、《死亡的超越》、《詩人與同性戀詩人》等十冊。

陳十美（常柏）：

《美國移民淺述》、《南華時報發行人十年》、《拂不去的塵埃》。

居維豫（曉玉）：

《危城的故事》、《LOTUSVIUE》（外文著作）。

張德匡：

《豆情集》。

王世清：

《中國域風情》。

李涵：
《明星初升的軌跡》、《兒童戲劇藝術的魅力》、《雙城記》。

慕容皖寧（慕容、柔莎、柳若）：
《紅似相思綠似愁》、《夢也須留》、《荷花池畔》等四冊。

包承吉：
《泰納》、《擠奶姑娘羅曼史》、《論小說中的意味形式》等四冊。

吳振平（吳懷楚）：
《夢回提城》、《寒鴉集》、《我欲挽春留不住》等四冊。

張棠：
《海棠集》。

趙海霞：
《老中老美大不同》、《老中老美喜相逢》、《不一樣的春天》
等四冊。

鄭錦玉（鄭又溶）：
《碧海鉤沉回憶錄》、《中華人倫道德綱常倫理人生寶鑑》。

劉鍾毅：
《歐遊叢書》、《首丘夢痕》、《從赤腳醫生到美國大夫》等
十二冊。

何森（新生）：
《洋祖母之戀》、《香江夢》、《寶島八景》等七冊。

張儒和（如禾）：
《三十年華》、《萃年如水》、《逝水餘音》等四冊。

盧遂顯（盧遂現）：

《穩定水團的物理化學生物醫學》國際論文集十五冊。

周勻之（周友）：

《美國透視》》、《記者生涯雜憶》、《水族館內幕》（英文譯作）。

張繼仙：

《怎樣寫生山水》、《故園行》、《彼岸書札》。

張穎（湘娃）：

《如何超越痛苦》。

阮益謙（阮培華）：

《中國古代預言》。

莊維敏：

《兩代情、一生愛》。

于杰夫（杰夫）：

《靜靜的山谷》、《死亡谷》、《荒塚》等五冊。

游芳憫（於藝）：

《現代文化的基本認識》、《現代論理學新境界》等十九冊。

游蓬丹（蓬丹）：

《夢已經起航》、《花中歲月》、《人間巷陌》等十二冊。

周平之（周愚）：

《男作家的魅力》、《女作家的風采》、《十全十美》等十六冊。

張麗雯（文驪）：

《賈后、甄后》、《都蘭山傳奇》、《中國第一位留美學生容閎》等四冊。

張明玉：

《人生如戲》、《春夏秋冬》。

王逢吉（逢吉、仲元）：

《愛情，淒美的生命情調》、《菱湖戀人》、《文學的生命》等四十九冊。

趙岳山（紀剛）：

《滾滾遼河》、《諸神退位》、《做一個完整的人》。

黎錦揚（C. Y. Lee）：

《花鼓歌》、《金山姑娘》、《旗袍姑娘》等十九冊。

共計四十人、二百三十九冊。

附註：

另有二十二位會員之著作正在付梓或結集中，近期即將出版。

周　愚　原名周平之，曾任飛行官、禮賓官。洛城榮光聯誼會、空軍大鵬聯誼會會長，北美華文作協總會副會長。曾獲聯合報、中國文藝協會等多種獎項。曾任本會會長，現任監事。

簡評《洛杉磯的中國女人》

◆包承吉

　　《洛杉磯的中國女人》是旅美作家劉加蓉寫的一部小說。小說的主人公：葉秀，而她的對立面是男主人公鍾援朝。這是一個描寫男女主人公在美國結婚、離婚、破鏡重圓的故事。小說還有一些副線，分別描寫孫紅梅姐妹、張海濤與寧靜、蘇珊與傑瑞的情感遭遇。

　　《洛杉磯的中國女人》文筆簡練，描寫細膩，人物真實可信。但是，這本書有一個獨特的視點，那就是女性的視點。全書的主要觀照點都是從女性出發。她的生活經歷，形成了她的觀點。

　　我們來看一下：葉秀，年過四十，頗有姿色，嬌小豐滿，談吐優雅。結過三次婚，有兩個兒子──傑聖和吉米。

　　兩次失敗的婚姻，第三次還是失敗，不過被挽救了下來。

　　她的基調是找一個可以依靠的老公。但是因為屢屢遇人不淑，使她一再失望。其中尤以第二任丈夫紀軍為甚。

　　鍾援朝雖然和紀軍不同，但是也是一個不負責任的丈夫。在行事處事上，他頗有奧勃洛摩夫的特徵。為人懶散，且斤斤計較，是個多餘的人。這是我看了他之後，立時浮現的聯想。如果他是一個像「北京人在紐約」中的主人公一樣的男人，他理應當拚搏，應當振奮向上，但是他沒有那樣的秉性和特徵。從頭到尾

一直是個唯唯諾諾，不求上進的人。智力型的工作找不到，體力型的工作又不做，他的任務就是溜狗，爬山，看風景，回家等吃現成飯。

即使這樣一個人物，葉秀還是疼愛有加，加以容忍，並以他的一個簡單的吻，和一句言不由衷的感謝為滿足。

當鍾援朝辦完身份，成了美國公民，他選擇了和葉秀離婚。即使如此，葉秀也不捨得和他離婚。只要你不找別的女人我還是等著你。事實上，在小說的結局，在生活中放蕩的鍾援朝不僅找了女人，並在一次事故中變成了殘障人士，她依然不計前嫌和不計後果，與他重婚。

我們記得，在英國名著《簡愛》中，男主人公羅切斯特成了瞎子後，簡愛又回到了他的懷抱。因為簡愛尋找的是一種平等的愛情，而後者的財產被燒毀後，這種平等的愛成為了可能。但是在本書中作者是要歌頌的是另一種愛，一種寬愛，一種寬容。雖然他是她的第三個男人，但是她仍然是懷著從一而終的中國傳統女性的婚姻觀。而鍾援朝，只是作為她的這種寬容性的一個反襯。難怪在網上有人讀到劉加容的小說要求再寫一個洛杉磯的男人的故事。

在寫作上，除了葉秀這個女主角，還有幾個女性的命運在結構上構成了與主線同時發展的重要線索。其中包括孫紅梅姐妹、寧靜與蘇珊。

孫紅梅和孫紅英姐妹的故事無疑是個悲劇。工廠倒閉，妹妹妹夫失業，是一個悲劇，為了生活妹妹被迫和夫婿離婚，來美國假結婚是又一幕悲劇。為了幫失業的妹妹移民美國，孫紅梅決定投資四萬美金收購一家在亞利桑那的按摩公司。但是就在她和妹妹等人租車前往亞利桑那州的時候，因突發的暴雨導致車禍，

她的妹妹紅英在車禍中身亡。這是第三個悲劇。最後因為壓力，孫紅梅換了憂鬱症、高血壓和糖尿病，她不但為她的管家雇主解雇，而且還被她妹妹的女兒奚落。孫紅梅瘋了。這是第四個悲劇。

有人說車禍雖是一個悲劇，更是一種意外。如果沒有車禍，任務的命運是否就會改變？如果七十歲的台灣人李伯沒有想賺孫紅梅的便宜，而是答應娶她的妹妹紅英，那麼，小說結局就會是皆大歡喜嗎？答案當然是否定的。這實際上是又一場悲劇的開始。

張海濤與寧靜的故事。那是一個連破鏡重圓的夢也做不成的悲慘故事。九〇年初，張留學美國，兩年後，寧靜帶女兒來美國與丈夫團聚，但是張海濤已經有了新歡。張海濤說，他有了綠卡後會和妻子重婚，但是，寧靜的女兒有一天告訴媽媽，阿姨有了小弟弟。

我們再看一下蘇珊的夢。

在小說中蘇珊是唯一圓了美國夢的人，但是她也歷經艱險。先是一個雇主雇傭的條件竟然是要扣她的護照，後來她在工作時被一個精神病患者用鐵鉗似的大手死死卡助了她的脖子，由此看來，他沒有被她認為是面目猙獰的魔鬼湯姆卡死，純屬幸運。如果命運再壞點，結局也許就是悲劇了。

和早年寫的那些華裔移民的小說相比，本書有這樣一些特點。早先的作品雖然描寫了華裔新移民的艱苦拼搏，但是他們大多是經過奮鬥實現了美國夢。但是本小說的結局卻有更多悲劇的色彩。

本書的另一個特點是，平凡的、最底層的小人物取代了成功企業家，成為小說的主人公。華裔移民的真實情形就像是一個金字塔，頂尖幸運的人物少，底層貧賤的大眾多。另外，這本小說產生的時代正是美國處於規模空前的經濟危機的處境，在最底層

的移民以及少數族裔的女性受到的考驗更是空前的。這也是形成本書特徵的原因之一。

在討論這部小說的時候，我們必須指出，在劉加容的筆下，她的女主人公的思想和行為模式往往還保持著鮮明的中國女性的思想特徵，她們身體已經移民到了美國，卻是一個名副其實的洛杉磯的中國女人。我們必須承認這種描寫的真實性，事實上，在這裡許多華人長期以來依然保留著中國傳統的特色：他們的勤奮與膽怯，他們的寬容與自私。就本書而言，葉秀的從一而終的婚姻觀就屬於典型的傳統中國女性的。大的環境的確改變了，但許多中國人仍然生活在自己的方式中。我們這裡不是評論它的好壞，而是指出這是一個事實。

許多評論者已經指出，小說的主要寫作特點是簡練，生動。

我想補充的是，小說還採用了一種「重複」的描寫技巧。

其一是表現為主人公葉秀對兩個男人的重複愛情觀：「我會等的」。

在不同的時間對不同的人物表現出同樣的行為，表明了主人公的執著的信念和道德規範。同時，紀軍和援朝不是簡單意義上的重複。一方面他們同是葉秀的道德標準和體認的參照物，另一方面，他們的不同態度，造成了不同的後果。前者是葉秀的殷切希望的徹底落空，後者則使故事出現了比較完美的結局。我這裡稱之為比較完美，是相比較而言，因為就整個故事而言，讀者只能獲得一種悲戚的影像。因為兒子受到法庭責罰，和鍾援朝雖然破鏡重圓，但是她的丈夫畢竟已經殘廢了，在故事中形成了一道沉重的陰影。加上其他女主人公的命運，小說依然彌漫了深沉的悲劇氣氛。

其二是對人物活動的空間的重複描寫，如對葉秀住房的重複描寫。（分別見此書第5頁與第219頁）

　　重複是解構主義的重要觀點，也是希利斯・米勒的重要觀點，希利斯・米勒是加州大學爾灣分校英文與比較文學系教授美國藝術與科學院院士、美國解構批評「耶魯學派」的主要成員。作為當代著名文學批評家，他在七〇年代寫過一部評論，叫《小說與重複》。他評價了七部英國小說，他認為他找到的七部小說的奇妙之處就是小說中的重複現象。在他看來，這些重複可以分為三類：一、細小處的重複，如語詞，內心情態，修辭等；二、規模更大的一部作品中的事件和場景的重複；三、一部作品和其他作品在主題，冬季人物事件上的重複，這種重複超過單個文本的界限，與文學和廣闊領域相銜接。許多人忽略了這一現象，但文學作品的豐富意義恰恰來自各種重複現象的結合。因為他們組成了作品的內在結構。關於解構主義可以講很多，但不是本文的重點，將來有機會再討論。

　　其三是葉秀對鍾援朝的寬厚同她母親對葉秀繼父的照料重複。這種道德的承傳，揭示了人物性格的真實性。

包承吉　原上海師大文學研究所教師，曾任洛杉磯《星島日報》採訪副主任，《國際日報》採訪主任。現為美國天普書原經理。作品包括《司湯達傳記》（譯作）、《論小說中的有意味形式》、泰納《英國文學史序》、哈代的中篇小說《擠奶姑娘羅曼史》（譯作）。

《我愛每一片落葉》
讀後感

◆黃敦柔

讀完了《我愛每一片落葉》愈發慶幸自己不是生長在中國要經歷這麼可怕的鬥爭、沒有隱私的時代。作者劉心武用葉子來比喻人，多富想像的比喻！他說同一棵樹上，很難找出兩片絕對相同的綠葉，每一片綠葉都在完成光合作用，滋養著樹，正如每一個人都辛勤工作，建設中國。作者望著樹上萬千綠葉，他愛每一片綠葉，然後影射他不因魏錦星被他人視為怪物而不喜歡他。

魏錦星是文中的主要人物，他努力工作，他的小房間整齊乾淨，雪白的罩單，一塵不染，平平整整，一絲縐褶也找不出來。他對同事亦很溫和，如有問題他很細心解答，對學生亦能以學生的能力按需要啟發。但他因不喜歡社交，所以被別人視為怪物。

在四人幫時代，不容有穩私，連他抽屜裡的相片亦被要求交待自己的「陰暗心理」，在八小時工作外，不再保留個人「自留地」。終於他因為沒有隨波逐流，被下放掃廁所。

四人幫後，魏錦星重執教鞭。在文章的結尾，他要求一個人在努力為祖國的繁榮富強而工作的前提下，能保留一點個人的秘密，如他的舊情人的相片。

　　這真是一篇很感人的文章，可看出大時代，一個政策影響人有多深。有的人當年被劃成了右派，背了好多年的歷史包袱都解脫不出來。作者描述，這些年他連日記也不記了，同親友通信，也只能按大字報公佈的標準來寫，習慣於按「安全」與「規範」的方式說話，沒有勇氣在自己生活中保留大照片，可知一般人是生活在多麼沒安全感之中！

　　作者用大照片描述魏錦星的柔情，用陪小孩玩紙蛇，來敘述他對以前女友仍有愛心，因他知道魏錦星怕蛇。在我們眼裡魏是一位正常的人，但因保有自己性格和個人秘密而不容於那個時代。最後從周大姐的結論「多少年我們的政治生活不夠正常，該作的工作還多」，可看出中國仍有很多要改進之處。

　　作者劉心武生於一九四四年，畢業於北京師範學校，現為北京文聯專業作家。一九七七年發表短篇小說「班主任」，對新時期文學發展頗有影響。另有得獎小說「鐘鼓樓」。

黃敦柔　曾任州立大學長堤分校教師，現任「唐尼學區葛費絲」中學圖書館館長。編著《常用中英英中詞典》。曾獲資深優良教師獎和唐尼學區家長教師會榮譽成就獎。

《中西文化與哲學述要》之撰寫動機

◆游芳憫

　　學問之道，誠如一八三〇年法國孔德（Auguste Comte）開始出版其名著《實證學講義》七大卷之中，列出其學術分類表，指明一切學術均以數學為基礎，從而產生物理學、化學、生物學、天文學等自然科學，進而有政治學、經濟學、社會科學。在社會科學中，孔德創立了社會學。

　　由於孔德創立社會學的影響，終於產生文化學的研究，因有文化學的研究，遂開啟了對人類文化史與文明史的整體瞭解，有關文化史與文明史之名家輩出，諸如桑代克之《世界文化史》、杜蘭之《世界文明史》等大作，皆為讀者熟稔，而陶恩比（或譯湯恩比）之十二大卷的《歷史研究》更屬體大思精之作，中文譯本就有陳曉林譯本等多種。在陶恩比於一九七五年逝世前，留下所謂「二十一世紀將為中國人的世紀」之名言。在此之前，德國大史學家斯賓格勒也早在一九一八年出版其巨著《西方之沒落》一書中，預測二十一世紀的世界，東方將壓倒西方。

　　在世界文化與文明的進程中，中華文化的歷史最為悠久。一部二十五史，顯示中華文明的綿延不斷。第二次世界大戰結束之

際，美國耶魯大學諾斯教授（F. S. Northrop）出版其名著《東西相會》一書，期待東方文明與西方文明的會通，我國名史家錢穆教授特為文詳加介紹。東西文明得以會通，正是我國許多人文學者以及當代新儒家們的共同期望。證之當代德國學者諾貝特埃利亞斯的《文明的進程》（有王佩莉等譯本），以及《新編劍橋世界近代史》、《二十世紀世界史》等著作之流行，即可說明此一期望之殷切。

二十世紀六〇年代「未來學」興起，《未來的衝擊》、《第三波》等有關大趨勢等著作，更為讀者所關心。時代進入二十一世紀初葉十年過程中，伊拉克、阿富汗等地區之戰爭，美國陷入嚴重困擾；中國作為大國崛起，經濟發展可觀，而孔子書院在世界各國的多方推廣，西方人士學習漢語，蔚為一時風尚。

在此邁向電腦資訊自動化的新時代中，筆者基於二十世紀最偉大神學家之一的保羅田立克（Paul Johannes Tillich）的「文化神學」觀點，亦即所謂「文化是宗教的形式，宗教是文化的內涵」之立場，以及前年離世的哈佛大學名教授亨廷頓「文明衝突論」之看法，試圖對過去人類文化與文明的歷史過程，作一初步總結。此一總結，大體上依據一般學者專家之共識，可以列出五大標竿。

此五大標竿即：一、孔子的人生哲學；二、道家的養生之道；三、佛家的慈悲為懷；四、基督的博愛奉獻；五、西方的科學方法。即以西方的科學方法而言，二〇〇九年諾貝爾物理獎得主高錕博士發明光纖，應用於電腦網路與資訊傳播上，人類因而有了通往所謂地球村之路的可能。而科技發明，必須建立在道德文化的基礎上，「地球村」才有實現的途徑。

孔子所倡「天下為公」、「世界大同」的理念，也才不致流於空談。

　　為落實上述理念，二十一世紀的知識份子，不論任何專業，都需要具有「人文關懷」的修養，認識中西文化與哲學及倫理思想的精義。尤其文字工作者，更屬責無旁貸。故此筆者也不揣淺陋，以過去從事講學及平日構思的一些粗淺心得，加以整理成冊付梓，以供讀者參考。具備了應有的基本常識，進一步依據筆者書中之提綱按圖索驥，亦可深入研究。

　　期待《中西文化與哲學述要》一書，足以讓讀者全面瞭解中西文化傳承及哲學思想之來龍去脈。

游芳憫　筆名於藝。哲學博士、大學教授。曾任美國孔孟學會會長、孫中山國際基金總會主席。出版有《現代倫理學新境界》、《中西文化與哲學述要》、《中西倫理學史》等多部著作。本會顧問。

人物

人物 人物

上海世博會中國館總設計師何鏡堂

◆尹浩鏐

一、邁著堅實的步履走來

目前中國最吸引世界目光之所在，莫過於上海世博會，而世博會中國館的總設計師竟然是我的老鄉和中學同窗好友何鏡堂。

還記得，五十多年前，我們兩個小頑童，從家鄉石龍中學讀完一年級後，雙雙轉學到東莞第二中學。雖隔街而居，每天卻總是結伴上學。鏡堂的哥哥喜愛繪畫，他也常帶著乾糧和畫板，跟哥哥到郊外寫生；我則喜愛文學作品，常從莎士比亞的書中尋仲夏夜之夢。在完成課業之餘，我們無憂無慮地發展各自的興趣。

記得在中學畢業前的一個週末，我和鏡堂兩人到三十里外的流花塔遊玩。我們走在延綿曲折的盤山公路上，那山路，凹凸不平，曲曲彎彎，剛走過一彎的盡頭，轉過來又是一段望不到頭的路，如此周而復始，正是「山窮水盡疑無路，柳暗花明又一春」。

傍晚，老天不作美，突然降起雨來。毫無防備的我們，濕漉漉地奔跑到大樹下躲避。抬頭遠望，只見朦朧中的流花塔，浴沐在如簾的雨絲之中，忽然若有，再顧若無。鏡堂說：「那塔不就

是紀念袁崇煥的嗎？流水有情，青山有幸，長眠著令人景仰的一世英雄。」我望著塔，想到袁崇煥英雄而悲壯的一生，不免淒淒然。

　　見我默不作聲，鏡堂又感慨道：「人生短暫，大丈夫生於世，不能只求一己之安，縱使享盡榮華富貴，死後也是塵土一坯，我們不能白白在世上走一遭，將來一定要為國為民做出一番事業來。」

　　看著鏡堂興奮昂揚的神情，我生出莫名的感慨：明末腐敗，滅亡是必然下場，縱使袁崇煥未被冤死，他的奮戰也未必能挽救一個垂死的朝代，但他無私無畏、保家衛民的英雄氣概，卻千古不朽，萬代流芳。

　　這場雨來得突然，走得迅速。在夕陽的餘暉中，群山朦朧，群樹挺拔，雨後流花塔清新的英姿，深深烙印在我們年輕的生命中。

　　在那激情燃燒的少年時代，我和鏡堂豪情滿懷。曾以為，我們會一直牽著手快樂地走下去。但畢業在即，鏡堂聽老師說建築師是半個藝術家，半個科學家，萌發了學建築的念頭。我的家人則希望我當治病救人的醫生。兩個不知愁滋味的少年，懷著美麗的理想和憧憬，分別走進華南工學院和華南醫學院的校門，帶著悠悠的牽掛和諄諄叮嚀，各奔前程。

　　未久，二十剛出頭的我，稀裡糊塗陷入政治漩渦，成了右派。畢業後，浪跡天涯，經香港、台灣、加拿大，最後定居美國。如願當了醫生。

　　鏡堂則放棄定居美國的機會，始終留在國內學習和發展，成為著名的建築家。

　　一九九七年我開始回國講學，遇到同班同學陳家祺。當時家祺是中山醫科大學眼科醫院院長。從他那裡得知，鏡堂不但是院長、博士生導師，還被建設部授予「中國工程設計大師」的榮譽稱號。之後兩年，鏡堂又入選為中國工程院院士。

往事並不如煙。我和鏡堂都忘不了兒時的情誼，曾在美國、中國，彼此尋找過，也曾擦肩而過，卻緣慳一面。未料，今年不期然竟然重逢於香江。

鏡堂鶴髮童顏，笑起來還是小時候憨憨的樣子。看到他，我不由想起上海世博會中國館——那座巍峨瑰麗，氣勢宏偉的「東方之冠」，脫口說：「好小子！果然成就非凡！你在世界建築史上留下了濃墨重彩的一筆，我為你驕傲。作為同學，與有榮焉！」

他開懷大笑。在老同學面前，無需掩飾自己的真情。

「中國人才濟濟，這麼好的事，怎麼落在你頭上了？」我好奇地問。

「一言半語，難以解答這個問題。我是一步一步走到今天的」。

他說，自己遇上了從事建築設計的黃金時代。尤其在他當選院士後，適逢城市大建設，教育大發展，他主持團隊設計的專案接連不斷。對每個中標項目，他們都認真研究和創作，建成後獲得不少國家和省部級獎項。他本人另獲得國家首屆梁思成建築獎，當過兩屆全國政協委員，擁有全國勞動模範、全國模範教師、南粵傑出勞模、建國六十周年「十佳具有行業影響力人物」等一系列榮譽稱號，並擔任中國建築學會副理事長、國務院學位委員會建築專家評議組召集人。在建國六十周年中國建築學會評選建國以來三百個建築創作大獎中，他主持設計的專案有十三個獲獎，其中十一項是他當院士後設計的作品。

凡此種種，可見他的專業實力何等雄厚。

古羅馬建築學家維特魯威說：「哲學可使建築師氣宇宏闊。」通過工作實踐，他深切地體會一個建築師，首先要有一個正確的思維方法，這是最根本的基本功。

他說：「建築是一門交叉學科，涉及技術、藝術和社會方方面面，既要具有1+1=2的邏輯思維能力，又要學會可能1+1≠2的辯證思維方法。設計過程本身就是一個優選的過程，不但要善於學會抓主要矛盾，還要善於區別不同階段有不同矛盾和重點，先考慮什麼，後考慮什麼，從整體到局部層層展開，不要顛倒主次先後關係。另外，建築設計由於時間、地點和條件的變化必然有所不同，建築師的思維要靈活，要樹立變化和發展的觀點，對過時的東西要敢於自我否定，只有這樣才能向前發展，設計才會創新。這些都是建築師需要掌握的創作哲理。」

從實踐經驗中，他總結出「二觀」、「三性」相結合的建築設計創作理念。所謂「二觀」，即整體觀及可持續發展觀；所謂「三性」，即地域性、文化性和時代性。對每一個重要專案，他還都要求達到「三到位」，不但要有優秀的設計，還要善於總結經驗，在科研和理論研究上也要有所建樹。所以，他不但是建築設計家，也將建築設計作為科研專案，在理論上不斷創新和發展。同時，他還是位優秀的建築教育家，為中國建築事業作育英才無數。

如此這般，鏡堂邁著堅實的步履，腳踏實地，走向自己平生最光榮的使命。

二、傳統基石上的現代創新

二〇〇七年四月二十五日。鏡堂永遠忘不了的日子。

這一年這一月的這一天，國家決定在全球華人中徵集二〇一〇上海世博會中國館的設計方案。鏡堂聽到這個消息後非常激動和高興，當即行動，設計了一個兼具有中國特色和時代精神、命名為「東方之冠」的方案投標。在同時投標的三百四十四個方案

中，幾經研究，最後決定起用「東方之冠」和清華大學的方案，組成聯合設計團隊，由鏡堂任總設計師，下設三個副設計師，分別由清華，華工和上海民用建築設計院各派一名設計師組成。這個團隊，集中了京、滬、穗三地建築界的精英，分工明確，合作無間，開創了中國建築師合作的先例。「當我們的工作與全社會的需求一致時，就會激發出巨大的能量。中國館可以說是舉全民之力建成的。」鏡堂自豪地對我說。

中國館看似官帽，又如糧倉，還像我國古代建築裡的斗拱。是傳統文化與現代創新交融的結晶。

我問他，設計中國館的理念是什麼？

他說，傳統是穩定社會發展和生存的前提條件，但只有不斷創新，才能顯示出其巨大的生命力。沒有傳統的文化是沒有根基的文化，不善於繼承就沒有創新的基礎；而離開創新，就缺乏繼承的動力，會使我們陷入保守和復古。

「推動文化發展，基礎是繼承，關鍵是創新，這需要我們有超越前人的勇氣和激情，在吸收傳統文化精華的基礎上，不斷增強原創能力。繼承傳統，立足創新，創作有中國文化和地域特色的現代建築是時代對我們的要求，也是當今中國建築師的歷史責任。」

「在資訊技術風暴推動的當今，世界文化趨同浪潮正席捲全球。在此大背景下，重視本國文化傳統，正確認識和對待現代與傳統、外來文化與地域文化的衝撞，尋找彼此結合的途徑，創造有中國文化、地域特色和時代精神相結合的現代建築，是當今中國城市規劃師和建築師的歷史使命。」

他認為，和諧觀是中華建築文化的核心。中華文明源遠流長，歷經數千年的盛衰、融合和發展，傳承至今仍然生生不息。中華先民在中原大地定居繁衍，頑強應對來自大自然的嚴峻考

驗，順應自然環境的變化，使人與自然和社會融為一體，逐漸形成儒道互補的哲理思想，以及與之相配的「天人合一，師法自然，和諧共生，厚德載物」的價值觀，其核心觀念是和諧。

　　和諧的哲學思想在中國古代的大思想家中都有過精闢的論述。孔子說「禮之用，和為貴」，「君子和而不同，小人同而不和」。老子說「萬物負陰而抱陽，沖氣以為和」。荀子說「萬物各得其和而生」。董仲舒說「和者，天地之所生成也」。可見，「和」是指有差別的事物之間的平衡與統一，「同」是指無差別的事物之間的統一。和諧觀念認同世間萬物在保持相對獨立性、多樣性的基礎上，相互聯結構成事物的統一體，達到不同而調和的境界。認識和理解和諧觀首先應承認事物矛盾的存在，尊重差異，包容多樣，以辯證的觀點去分析和化解矛盾。和諧是一個動態的漸進的變化過程，舊的不和諧解決了，新的不和諧又會出現，事物總是在不斷出現矛盾，不斷解決矛盾的過程中向前發展的，和諧也是在事物發展的過程中動態實現的。和諧觀是中華文明在政治主張、哲學思想、藝術審美和倫理道德各個層面的共同文化思想，也是中國建築文化的核心思想，這是中華文明寶貴的思想財富，也是我們從事城市規劃和建築設計的智慧源泉和價值取向。

　　中國傳統建築文化思想及其生成的建築元素和特徵，是城市發展中的中華智慧和寶貴遺產，也是我們從事中國現代建築創作可以借鑒的寶貴財富。

　　歷來世博會是世界各國人民交流文化思想，展示科技和文化發展成就，展望人類美好前景的盛會。二〇一〇年上海世博會的申辦成功，得益於中國悠久的歷史文化和改革開放以來國力的強盛，這是第一次在發展中國家舉辦的盛會，也是一次中國人展示自己氣度、智慧和力量的百年盛事。

談得興起，沒等我繼續發問，就像在課堂上給學生講課似的，鏡堂話語滔滔。

他說，中國館的設計，面對「城市發展中的中華智慧」這個文化內涵極為豐富、特色鮮明的主題，他們反覆思考兩個問題：一個是如何包容中國元素展現中國精神，體現博大精深的中國文化特色；另一個是中國館如何順應時代潮流，與時俱進，表達當今時代特色和科技成就。中國特色和時代精神是中國館建築創作的兩個基本點。

中國歷史悠久，哲理清晰，文化內涵極為豐富，很難以一個俱像的造型來概括。通常對一個國家的認識，首先是從這個國家提煉形成的「文化符號」中得出印象的，外國人看中國，也常常從代表中國的「文化符號」中去認識，例如從漢字、京劇、中國服式、水墨畫、中國紅等「文化符號」中形成對中國的印象。

中國數千年歷史，有一大批國寶級出土文物，其中最有代表性的斗、鼎、器皿、瓷器等造型精緻、藝術高超，是世界級文化精品。

中國的城市規劃、建築、園林，更是特色鮮明，獨樹一幟，這些都構成中國輝煌的文化藝術遺產。

我忍不住插問：「世博會中國館已建成開放，它騰空而起，氣勢恢宏，予人以泱泱大國氣勢，贏得一片讚譽聲。作為一個中國人自己設計的世博會核心建築，它對中國建築界意味著什麼？對中國建築之路有何啟發？」

「這次世博會總結了全世界的文化技術和科學成就，各國都用不同的管道來表現，一些文化歷史比較悠久的國家，比如中國，是難得的向世界表達自己文化的機遇。但是這種表達必須用現代手法來完成。有些國家，比如泰國，歷史文化特殊，也用文化來表現，這算一種類型。西方國家則多用高科技來表現，宣揚本國這方面的

成就。還有一種類型，展現現代人的生活方式，宣揚自由、豐裕、休閒等生活狀態。總之，各國皆用最適合的方式表現自己。」他說。

有人懷疑中國館有些抄襲日本的光明寺。對於這個疑問，鏡堂表示，他不知道日本有光明寺。它建在哪裡？什麼時候建的？自己很想看看它們的設計圖。「其實不管人家怎麼評說，中國館的設計是有根有據的，都來源於中國文化。日本的建築也來源於中國文化，唐代時傳過去的。若說它們都像斗拱，如果追根求源，其實還是中國的東西。那是他們學中國的。當然，斗拱是中國建築的精髓，已成為一個世界認同的文化符號，別人也可以用。就像金字塔是埃及的東西，但並不能說其他國家就不能用，貝聿銘就用過。英國館的壓克力架手法也與北歐一個建築一樣，但不能說是抄襲，提意見和建議的人，最好先瞭解我們的創意是怎麼來的。」

中國館的設計，從中國傳統的和諧觀哲學思想中，從表達中國「文化符號」中，從國家頂級鼎冠文物造型中，特別從中國傳統城市，建築和園林中綜合領會，整合，提煉，以現代材料，加以環保理念，通過空間立體構成「東方之冠」的建築造型，體現中國哲理思想，整合中國元素，融匯現代科技特色，表達中國文化精神。

我決心將甘當小學生進行到底，提出許多具體問題。鏡堂不厭其煩，向我這個大外行，詳解了中國館主要部位的建築意象所象徵的含義。我將之簡略歸納如下，與見者分享：

華冠矗立　天人合一

國家館騰空升起，居中矗立，成為凝聚中國元素、象徵中國精神的雕塑感造型主體；地區館以舒展的平台基座形態映襯國家館。國家館與地區館功能上下分區，整體造型主從呼應，隱喻了中國傳統天人合一的哲學思想。

剛柔並濟　盛世和諧

　　國家館剛直挺拔，雄偉壯麗，大國氣度雍容顯現；地區館建築輪廓依地形而生，柔性，親民。架空升起的整體形態整合出不同標高、連續的城市公共活動空間，展現一個屬於城市服務大家，面向世界的中國盛世和諧舞台。

經緯網路　主軸統領

　　總體佈局吸取中國傳統城市構成肌理的特點，因此就地整合南北綠地，協調世博園區主軸線規劃，形成坐北朝南，縱橫建構，主軸統領的整體格局，體現了中國經典的建築與城市佈局的智慧。

傳統構架　現代權威

　　國家館的空間構成抽象於中國傳統木構架的營建法則，以縱橫穿插的現代立體構造方式，建成一個邏輯清晰，結構嚴密，屋屋懸挑的三維立體空間造型體系，在繼承傳統建造思維的同時展現出現代工程技術之美。

鬥冠鼎器　華夏意象

　　騰空升起的整體形態使國家館主體形象壯觀大氣，並讓公眾對中國的斗拱，冠帽，禮器「鼎」等傳統器物建立起某種聯想。四組巨拄托起上部展廳所形成的巨構空間成為一個提升人類精神的體驗場所。

中國之紅　和而不同

　　紅色在不同歷史時空中呈現出多元的審美表達，中國館的紅以有微差的四種紅色組成莊重大氣的整體效果，以及紅色印象和

風格的佈局延伸「中國紅」的內涵，並由上到下通過漸變的手法由深到淺，以增加建築整體的層次與空間感。

疊篆文字　現代轉譯

地區館建築外牆利用金屬百葉有規律的拼合方式，類比由二十四節鐫刻的疊篆體文字，文明的密碼得到傳達繼承，中華人文歷史地理資訊得到現代轉譯。

城市花園　園林萃集

地區館屋頂花園立意於圓明園九洲景區之形制，繼承我國「園中園」式的集萃園林傳統，以碧水環繞的九個島嶼象徵疆土之廣，分佈於其上的不同景觀代表山河之瑰麗。

經典再現　茹古涵今

國家館的展示設計以過去，現在，未來的方式展現「城市發展中的中華智慧」充分呼應二〇一〇上海世博會的「城市讓生活更美好」的主題。地區館將為全中國三十一個省、直轄市、自治區提供展覽空間，展示出中國多民族的不同風采，以及各省，直轄市，自治區的發展成就。

時至今日，世博會已經走過了一百五十八個春秋，一個半世紀的積澱，世博會歷久彌新，激發了人類創造物質財富的積極性和熱情，留下寶貴的精神財富。中國館是上海世博會一個面向世界展示中國的大舞台，展現了中國的光明遠景。

與老同學、總設計師鏡堂相聚歡敘，他的一席話，讓我對上海世博會中國館的讚美不僅不再盲目，更添肅然起敬。

尹浩鏐 又名尹華。台大醫學院畢業，加拿大皇家內科學院院士，美國核子醫學及放射學專家。曾任美國各大醫院核子醫學主任、教授，現已退休，專心從事文字寫作。出版過長篇小說《情牽半生》、散文集《醫生手札》及《西洋情詩精選》等多種著作。

美國航太科學家潘天佑博士

◆潘天良

　　潘天佑博士是美國資深太空航行科學家，在美國太空署（NASA）加州理工學院噴氣推進研究所（JPL）任職三十五年，擔任深太空通訊系統和任務經理，參與太空飛船探測火星、木星、土星及太陽系邊緣等多項重任。他多次代表美國太空署，與歐洲太空署、德國太空署、法國太空署等合作，部署聯合探測太空任務。他還是國際標準電腦軟體組織的美國主席。由於他的卓越貢獻，多次榮獲美國太空署獎狀或獎金，及歐洲太空署和德國太空署獎狀，被列入權威的奎斯美國名人錄、世界名人錄、科學家及工程師名人錄等。

火星探險

　　近十多年間，美國太空署多次成功發射了火星探測飛船，在這個由 JPL 主持的驚動世界的壯舉中，數以千計的科技人員共同協作，長年累月辛勤勞作，創造了人類奇蹟。

　　太空署的核心工程之一，是深太空的通訊系統中心，被稱為太空工程的「神經中樞」，任務包括操縱、導航、遙控、資訊搜集、電訊路線處理，數據分析處理等。作為這個深太空通訊系統

和任務經理的潘天佑博士，領導著這個不能有半秒誤差，其觀察點分佈於世界三大洲的龐大通訊系統，長年保障遙控通訊的精確與實效。「失之毫釐，謬以千里」正是這項工作高難度的寫照。為了百分之百的精確，潘天佑和他的團隊，嘔心瀝血熬過多少不眠之夜，絞盡多少腦汁！共同的努力結出了豐果。二○○一年十月，奧德賽火星探險號（Mars Odyssey）成功地進入火星軌道，潘博士接受了太空署新聞部主持人及其他記者的訪問。二○○二年，因為潘博士對奧德賽號（Mars Odyssey）及火星測量號（Mars Global Surveyor）有傑出的貢獻，獲太空署頒發獎狀和獎金，特別表揚他卓越的領導才幹（Outstanding Leadership）。二○○四年，美國的火星探測車「勇氣號」（Spirit）和「機遇號」（Opportunity）先後登陸火星，成為《今日美國》、《華盛頓郵報》、MSNBC 首頁、BBC World News 等的頭條新聞，潘博士受到眾多記者的訪問，世界各國中英文媒體廣泛報道。潘博士再次獲得美國太空署 NASA 獎賞。

飛往更深遠的太空

除了探測火星外，潘博士還參與了美國太空署花費三十二億七千萬美元，歷時十八年的龐大太空工程，這就是發射探測土星的「凱西尼—哈金森」號（Cassini-Huygens）。這個飛船要飛行七年，才抵達土星軌道，然後發射一個小飛行器進入土星外圍的最大衛星——泰坦（Titan）的氣層，下降泰坦表面探測，而太空船母體則環繞土星繼續運行多年，進行觀測發回科學訊息。潘博士當時是這項工程華裔科學家中最高層次的領導，常常廢寢忘食，夜以繼日地工作。成功的消息傳來，潘博士又獲獎賞，他和夫人在甘

迺迪太空中心受到到貴賓款待，接受了中英文媒體的訪問和廣泛報道。

　　潘天佑博士還參加了美國太空飛船「旅行者」一號及二號（Voyager 1 and 2）的通訊任務，時速四萬英里的「旅行者」太空船，在外太空飛了三十三年，已抵達太陽系的邊緣，並將繼續飛離太陽系和發回資訊，創下了世界太空船飛行最遠及最長久的記錄。該飛船在途中成功地探測了木星、土星、海王星及天王星，特別探索了離開太陽最遙遠的太空新領域，為國際太空科學研究寫下新篇章。美國太空署主持「旅行者」一號和二號的領導人，特別頒獎給潘博士，祝賀他對旅行者一號和二號的卓越功績。

國際太空合作的貢獻

　　二〇〇九年初，德國太空署特別頒獎給著名的美國太空華裔科學家潘天佑博士，表揚潘博士多年來對美國及德國太空合作事業的貢獻。美國的三星上將又親自頒獎給潘博士，多謝他多年來對於美國太空署（NASA）加州理工學院噴射推進研究所（Jet Propulsion Laboratory）的重大貢獻。美國太空署有許多項目，是與英、法、德、澳等國家合作進行的，潘博士在深太空通訊事業及系統工程享有崇高國際聲譽，他曾多次代表美國太空署與歐洲太空署（由十八個歐洲國家組成），德國太空署及法國太空署組織合作，並多次去英國、法國、德國、義大利、西班牙、澳洲、荷蘭、芬蘭、捷克、巴西等國家，代表美國太空署出席國際會議。

　　潘天佑常年參加國際標準電腦軟體組織的會議，研討有關世界性軟體標準問題。同時，他還要去觀察在歐洲和澳洲的龐大深太空通訊部署，因而他因公務出國頻繁，幾乎每年都不辭勞累越

洋飛行。潘天佑說：「太空的開發成功，需要優秀團隊努力，分
工合作，相互支持」。

　　潘天佑畢業於香港大學，在美國南加州大學獲電機工程博士
學位後，並修完了物理博士，及斯坦福大學高級項目管理課程。
二〇〇九年香港大學邀請他回校，接受母校頒發的科學技術傑出
校友獎。

　　潘天佑祖籍廣東恩平，父親潘澤光，是中國早期飛行員，後
任南京空軍總司令部參謀，在抗日戰爭中有過一年立下八次戰功
的記錄。潘博士的妻子美寶任職於加州理工學院，女兒慧玲和兒
子榮恩分別畢業於斯坦福大學和伯克萊大學。

潘天良　筆名方雲。曾任本會理事、拉斯維加斯作協會長。著有《奇幻之
　　　　都》、《美國萬花筒》等書。

一個科學家的心路歷程

◆盧逐顯

　　我是在香港長大的，香港那時是屬於英國的殖民地，我們等於是沒有國籍，受盡了英殖民地政府歧視的一代。父親熱愛祖國，堅持把我們四姐弟送到中文學校去唸書。選的是由美國浸信會經辦的「培正中學」。在當時中文是不受香港政府承認的，我們高中的畢業文憑等於沒有用，好的工作都留給英語學校的畢業生了。

　　我一生的走向應該是要決定於十五歲唸高二的那一年。那時，我的中文思想是萌芽於閱讀國學大師錢穆的著作，也全讀了唐君毅、牟宗三等人對儒家學說的新述說。更深受對佛學有特別創見的熊十力影響，特別是他的「新唯識論」。

　　我是三歲就被姐姐拖著一起上小學一年級，稍長也就似懂非懂的跟著兄長們流覽了許多類似還珠樓主著的《蜀山劍俠》等部頭書，崇尚正義標榜佛道精神的劍仙們不斷對邪惡鬥爭的堅持，也潛移默化了我的小小心靈。中學時代和其他中學生一樣，課餘時間也瘋狂的追讀金庸系列的武俠小說，無一錯過。這就是我在中小學期間全部的中國文化的底子。

　　另一方面在學校受教的高中課程，物理、化學、力學、原子、分子變化等正規教育，也都深深地烙印在我腦海中。因此中

西方文化的精華，在我剛要成熟的腦袋中，已經不斷的在爭奪著領導地位；於是我選擇了相容並蓄，並下定了決心，這一生一定要融會貫通中西文化，為人類做出貢獻！並且在日記本上寫下了這麼一個小小的豪情壯志。十六歲高中畢業升大學，父親說要科學救國，於是給了我一百元，按照許多留美學長豐富的資訊引導，順理成章的就來美打工留學了。

在西方文化的科學領域中，我挑了研究理論物理。因為「物理」是一切物質運動規律的基礎，它能預測很多還沒有發現的物質性能，從而也是一切高科技的源頭。在東方文化的精髓中，過去的十五年，我就已經決定了研究中醫。因為幾千年前的黃帝內經，在現今大學裡還在學習，可見幾千年積累的經驗是極寶貴受肯定的。於是我努力的用現代物理最高峰的「量子場」論，來解釋中醫的「經絡」一說。並且與各著名大學合作研究，以我在物理中發現的「穩定水團」作為解釋「經絡」的物質基礎。

其中以「雙螺旋形」的穩定水團更可以假設為生命的泉源。飲用雙螺旋形水，就能更加疏通經絡。原理與針灸一針治百病一樣，人體飲用「雙螺旋水」，亦能益百病。效果可以引用現代的熱像儀、紅外線系統拍照的圖片證明，其研究成果已在最權威的物理「快訊雜誌」發表，並在各個國際物理會議中宣讀。

內人曾經不解的問我，中醫和學物理的我到底怎麼樣劃上等號。殊不知，中醫的最高境界就是中國哲學的素養。人們所說凡藥三分毒，不是沒有道理的，況且藥物也只是幫助，個人修身、意念、精神、意志才是養身最重要的因素。幼小立定的志向；希望貫通中西文化，特別自認為中國哲學的理念更適合目前意識混淆，價值觀紊亂的世界。但是一開始就談哲學是一個比較抽象的思想性觀念，因此選定透過中醫針灸、推拿、氣功等等，廣泛又

實用的途徑，更能形而上的追研到養身、練氣、精氣神的中國儒道思想境界。如果可能，我更希望用最淺顯的「量子理論」來論釋孔子學說，真希望從高中生就開始教導，從青少年期開始都應該有這兩種中西文化精髓的學習機會與境界的領會。

　　我告訴內人，有生之年，希望能繼續不斷盡我綿薄之力，以現代科學語言親身印證幫助中醫能與西醫一樣，讓世人們能放心地接受，造福全人類，免受太多醫藥之苦。

盧遂顯　為美國芝加哥大學物理博士，曾是默爾本大學終身教授，曾應邀到牛津大學、中山大學、加州理工學院等多所國際著名大學客座，發表有專業論文百餘篇，三十餘種專利發明，著有《漢字的科學研究》、《生物物理的針灸原理》、《穩定的水團》、《雙螺旋水》等多書，現定居美國洛杉磯。

行於大道走向世界

——我眼中的王耀東

◆劉耀中

　　王耀東是中國一位有名望的詩人，被譽為中國的弗羅斯特。我在九十年代開始和他與臧克家通信，並在零四年到山東做過一個星期的訪問，他親自到北京車站來接我，全程全部由他安排。那時他是《鳶都報》的總編，與一班文人帶我玩了很多名勝古跡，每到一處都有官方的領導出面招待，吃住行全部解決，並在濰坊和威海等地開了多次座談會，成了我從事文學研究一段很光榮的歷史。

　　山東是孔子的故鄉，曾經受過西方列強的侵略，是德國的殖民地，又是抗日和內戰的重地。山東出了不少歷史文化名人，臧克家就是其中之一。我作為炎黃子孫，這一次去了曲阜、青島、威海、煙台和八仙過海等地方，《鳶都報》和其他一些報紙都做了報導和訪問，因之我也很自豪。當時王耀東就是那裡一位主要詩人。早在一九九四年，他就在《鳶都報》刊載了我的〈易經在西方〉一文。我的《易經》學來自黃文山教授，他是專門研究《易經》的，我可說是他的最後一位學生。因為我是研究弗洛尹德和心理學家榮格的，所以得到他的賞識。我的精神分析學和文學評論，主要是講「變」。變是易學，是精神學的核心。

　　從西方的觀點來看，變是非常困難的，因為西方的文化主柱是形而上學，他們有一定的美學和神學，他們看到的變就是荒

謬。他們的藝術對平常的生活產生了批評性。畢加索、達里和波
洛克就是採用這個方法，從印象派到表現派，以及後現代派都避
免不了。

　　而王耀東的書畫作品不同於國內一些書畫家的作品，就是在
於他有一種變的精神，即保留了傳統的東西，又有變的創意，大
膽的脫離了描摩的線條，向創新、寫意、多層的意象方向發展，
是了不起的。中國的藝術從山水畫說起，就是與大自然的統一，
無止境的畫出來。這種訓練印象的技巧和個人的藝術素養結合一
起，就成為藝術家。王耀東把一只鴨站起來畫，有了人的氣質，
雄糾糾的一晃，味道就出來了。一棵樹畫成人的造形，也是詩性
的造形，像詩也像畫，是詩與畫的統一。從史學上看，中國最初
的字畫來自壁畫岩畫，王耀東這種反樸歸真的寫意性，有很大的
創意性，顯示了現代人的一種藝術活力。現在中國的藝術進入了
一個創新、變革的時代，王耀東的詩書畫相融相合就是一種代
表。因之中國才出大畫家，大詩人。而西方只產生工匠，藝術品
淪為奢侈品、消費品的原因之一，就是因其藝術缺乏創造力。倘
若西方思想被人問一句：你們的藝術是不是全神貫注的整體，就
會震驚所有的哲學家，因為他們缺少這種精神。而我們中國，有
不少藝術家的創作是全神貫注的。

　　現在西方產生了格式塔心理學，有了弗洛伊德、阿德勒，再
來一個榮格。德國曾侵佔過山東，同時他們的哲學家也偷了中國
的《易經》、孔子、老子的思想，從中國的傳統文化中找到了他
們精神空虛的治療線。我由此想到萊布尼滋、康德、黑格爾、海
德格爾等人，如果沒有中國的漢學，相信很難成就他們的學說吧！

　　從這個角度看王耀東的書畫，就具有特別的藝術價值，一
是他書畫的精神內涵，二是他勇於創新的藝術。我認為他的畫不

是商品，不是用多少美元就能介定的。我可以告訴大家，他的書畫是無價的，因為他的作品能夠分開多個時代，從一元到二元至多元的反映到意識的變化，畫內的象徵也從傳統走向了現代，有超越前人的創新在裡面。在美國為他搞這樣一個詩畫展覽，是華人藝術界的一個亮點，也是東方人的藝術向西方人一種自豪的展示：我們有自己的藝術家、作家、詩人，我們的文學與藝術，並不都落後於西方，相反，我們因為有我們自己的藝術之路，能夠成就自己的天和地，在世界上高高地站起來的時代開始了！

劉耀中　水利工程師、文學評論家、哲學家。著有《榮格、弗洛伊德》、《詩人與哲人》、《死亡的超越》等書。曾任本會理事。

編輯花絮

讀稿偶拾

◆古冬

　　《洛城作家文集》看來比《文情心語》更精彩，更有看頭！
　　感謝文友們熱力響應，稿件紛紛從網上傳來。首先跳上螢屏的，是楊強先生的〈流浪的月亮〉。看後不由慨歎：好一個難兄難弟！都是年紀小小就要顛簸流離，都曾孤單地在冷月下瑟縮……深夜聆聽文友款款傾訴，陳年往事湧上心頭。
　　為了避免章節過長，勉強將散文部份分成三輯。其實有些文章很難歸類，根本分不出是散文、雜文、隨筆或論文。不過文章好比盤中物，管它是中餐、西餐還是綜合餐，能挑動味蕾的就是美食了！
　　拿寫好的序請編輯們指教，中其一位把「炮製出五十多盤不同風味的佳餚……」中的「炮製」改為「調製」。有點不以為然，因為少了股爐火熊熊的氣勢。曾經考慮「烹調」，仍嫌稍欠火候。抱歉，我鮮有「神來之筆」，就愛這樣瞎捉摸！
　　看過去年湘娃寫的〈出差〉，知道她擅寫女人。以為身為女人的她，有女性特有的細膩與柔情，落筆自可入木三分。沒料她寫男人同樣精彩，同樣淋漓盡致！且看跟錢和情劃清界限的律師、只要大不要小的醫生、又傻又吝嗇的教授、粗俗得無以復加

的音樂家；就那麼淡淡幾筆，然後悄悄說一聲：「瞧他們這德性！」讓你不禁為之捧腹！

　　〈小說中的主觀與客觀〉原為一篇由杰夫先生問、紀剛前輩答的訪問記，徵得兩位同意，我把她還原了。紀老有許多寶貴的寫作經驗要傳授給後輩，屢次邀我為他筆錄。可我也老了，期望有文友自告奮勇來完成這光榮的使命！

這本文集更好

◆岑霞

　　看看日曆，今天是十月十八日，天氣漸漸轉涼了，在此同時《洛城作家文集》已經進入校對階段。據古冬會長估計，大概年底便可以付梓了，這意味著編輯小組幾個月來的緊密合作將告一段落，作為編輯小組的一員，我除感到高興外，尚有一絲悵惘。

　　誠如主編古冬會長所說，今年的編務進行得非常順利。這次協助編印工作的，是信譽與經驗俱佳的台灣秀威出版社，因是一條龍作業，免去很多不必要的麻煩。回顧去年在美國出版《文情心語》時，因找不到負責印行中文書籍的出版社，所有的出版事宜，從打字、排版、封面設計、印刷等等，都要找不同的專業人士來做，費時費事之至。記得古冬會長、我及外子張炯烈曾多次在蔡美英家，為排版及校對逗留至深夜，又為了印刷估價，幾個人跑遍了華人聚居的幾個城市，最後小郎姊找到「永恆印刷公司」，大家才鬆了口氣。

　　有趣的是，今年的編輯團隊，除「團長」古冬會長外，是青一色的娘子軍，廣東俗語有云：「三個女人一個墟」，何況四個！不過，請別替「團長」擔心，怕他招架不住，因為編輯小組直至現在仍未開過會碰過頭，所有事情都是採用網上作業，大家e-mail來e-mail去，便把煩瑣的編務搞定。不過，我衷心期盼，

待功德完滿之時，「團長」會召集大家見個面，讓我們發揮一下「四個女人一個爐」的威力！

許是剛過完中秋節，每次讀完楊強大哥的〈流浪的月亮〉和陳森的〈今夜月色正濃〉，都讓我胸臆澎湃心情激盪；周勻之先生的〈文化無國界〉，讓井底之蛙的我拓展視野；而尹浩鏐醫生撰寫的人物：〈上海世博會中國館總設計師何鏡堂〉，更是先睹為快，因上海世博是個熱門話題，原來中國館的設計涵蓋傳統特色和時代精神，文中涉獵哲學、歷史學及建築學，深入淺出，讀來興味盎然。這本文集真是太棒了，篇篇都是精挑細選的作品！

因著校稿的原故，每篇文章我都仔細地讀了一遍又一遍。我引頸企盼，期待新書出爐之日，我將以讀者的心情從頭至尾再欣賞一次，相信更加賞心愉悅。

這本書真的很精彩，借用會長的話：

「請享用吧，朋友！」

一份好禮物

◆小郎

美國發明家愛迪生曾說：「好書是作者留給人類的禮物。」

古冬先生一生愛書、讀書、寫書、出版書，特別重視這「書之禮物」，自他接掌會長之職，年年放棄與兒孫同遊世界，享受天倫之樂，並捐萬元巨款，倡議出版會員文集。

由於他全心全意為會員服務，贏得文友們的信任和愛戴，所以破例連任。

這次由水準高、信譽好的台灣秀威出版公司出版《洛城作家文集》書冊很快就問世了。

文集出版進度如此神速，以我之見，首先是古冬會長統籌規劃有方，編輯們群策群力，緊密配合，同時得到艾玉副會長與夫婿阿諾積極協助處理電腦操作難題。

二是顧問們大力支持，鄭惠芝博士每次捐款上千，王逢吉、黎錦揚、紀剛三位大師年逾九十高壽和年過八旬的游芳憫教授，都快速惠賜高水平的大作，給我們很大鼓舞。

三是幹部和會員們各盡所能，團結合作，除了個別特殊情況，都選了心愛之作入集。年逾八旬的華之鷹和毓超兩位理事，一個收集瘟官髒官順口溜臉譜，一個寫古代東坡佛印趣事搞笑，彷彿時光倒流，都返老還童。

　　營志宏律師的文章一貫言簡意賅，幽默搞笑，罵人不帶髒字，他筆下的「範菊妹」就是「飯局妹」，讀他的文章，真的是會笑得噴飯。

　　會員是協會的中堅，出文集，大家高興，積極供稿。九十一歲高壽的張儒和將軍神遊大地，寫了二十首詩，而且都著墨解釋，無不為他愛文學愛會的精神感動。

　　新會員，退休企業家，周宜吉、張瓊鶯夫婦，晚年幸福，他們把李商隱「夕陽無限好，只是近黃昏」的詩，改成「美景在黃昏」，說明創作確實來自生活。

　　收錄尹浩鏐先生同窗，上海世博會中國館總設計師，何鏡堂先生成功偉績；和潘天良先生胞弟，美國航太科學家潘天佑，顯赫成就，文集定更有份量。

　　杰夫、丹霞、湘娃、陳森、丁麗華、莊維敏……等多位青壯派文友的作品，題材廣泛，構思獨特，語言樸實，故事感人。文學千古事，是我們全體文友永遠的目標和信念。

　　五十多位文友的心悅之作，是味美的文學饗宴，是慶祝本會二十歲生日與餽贈文友、圖書館、博物館……最好的禮物。文集問世，特別要感謝彼岸秀威公司為本書編審出版，辛勤工作的林世玲小姐和林泰宏先生。

一場文學的饗宴

◆蓬丹

　　去年北美洛杉磯華文作家協會出版了一本二十週年紀念選集《文情心語》，由於叫好叫座，作協今年再接再厲，籌劃另一部集體創作。四月份理監事會通過此項決議後，古冬會長即開始積極徵稿，得到會員們的熱烈響應。

　　由於每人的電腦軟體不同，艾玉副會長及夫婿費了許多工夫將來稿轉成同一格式。又因他們兩位每次活動都熱心幫忙照相，所以照片存檔最齊全。在編選這些照片時，大家重溫舊夢，一次次愉快的聚會，豐富了我們的文學生活，也成為生命中美好的回憶。可惜篇幅所限，只能選用四張。

　　我個人在出版社校稿寄來前後，出了一趟遠門，回來後家中有些狀況，忙於處理煩瑣雜務，沒能參與一校。所幸本書總編輯古冬及艾玉，編輯岑霞和小郎一向都極認真盡責，在短時間內就完成了任務。這本作品集已初步成型，一場文學的饗宴即將登場。

　　且讓我們盡情享用這盤由作者、編者、出版者精心調製的大菜吧！

北美洛杉磯華文作家協會章程

第一章　總則

第一條　名稱

本會定名為「北美洛杉磯華文作家協會」，英文名稱為：North America Chinese Writers' Association Los Angeles，係「世界華文作家協會」、「北美華文作家協會」一脈相承之地區性協會。

第二條　宗旨

本會秉承上述「世界作協」及「北美作協」之宗旨，以增加華文作家之聯繫、交換寫作經驗、提昇文學創作水準、推廣中華文化、促進文化交流，並以不談政治、種族、宗教為宗旨。

第三條

本會會址設在洛杉磯。除南加州外，居住於北美洲各地區之華文作家、認同本會宗旨者亦可加入為會員。

第二章　組織

第四條

本會採理監事制，由會員選舉理事十九人（以不超過會員人數三分之一為原則），選舉辦法列於附件一。

第五條

選舉理事之同時，另選候補理事三人，以備遞補出缺之理事。

第六條

理事如因本身工作或私務繁忙，無法兼顧本會會務，可申請退出理事會，由候補理事依序遞補。理事如連續三次不能出席理、監事會議，或在任期內累積五次不能出席會議（均不論任何原因），即自動喪失理事資格，由候補理事遞補。遞補者之任期以補足原任者為準。

第七條

理事會之職權如下：
一、執行會員大會決議案；
二、計劃及發展會務；
三、籌措經費。

第八條

本會設會長一人，副會長二名，會長由理事互選產生，副會長由會長提名，經理事會通過後產生。

第九條

本會設監事數名,由卸任會長直接轉任。

第十條

監事會之職權如下:

一、稽核財政收支;

二、檢舉違法會員;

三、處理理事會交議事項。

第十一條

理事任期二年,連選得連任,每次改選至少保留兩名新任理事名額。

第十二條

監事負監督之責,且具榮譽性質,無任期限制。

第十三條

會長任期為二年,若有特殊情況,經理監事會通過,並獲得會員大會認可,應予再延長任期;副會長任期為二年,連選得連任,但最多以連任一次為限。

第十四條

本會設秘書長一人,副秘書長二人,由會長聘請,經理事會半數通過後出任,任期與會長同。但如獲新任會長續聘,且經理事會通過,則無任期之限制。

第十五條

本會設顧問若干人，由會長聘請，經理事會過半數通過後出任，任期與會長同。但如獲新任會長續聘，且經理事會通過，則無任期之限制。

第十六條

本會設研究、出版、活動、連絡、公關、財務、檔案各工作小組，分請理事一至二人負責，由第一副會長負責聯絡、協調及召集工作。並設一個五人審核小組（現任會長為當然審核委員，其他成員由理事會中選舉），審查會員入會資格。

第十七條

本會最高權力機關為會員大會。

第三章　會員

第十八條

凡認同本會宗旨之華文作家，遵守本會章程，品行端正，不分性別，且合於本會會員資格者，均可申請入會。

第十九條

申請入會者，須經會員二人介紹，填寫申請表，經審核小組審查通過，即成為本會會員。

第廿條

會員資格：具以下任何一項：

一、著書一本（含翻譯）；

二、在國內外（含中國大陸）報刊、雜誌發表作品十篇
以上者（小說、散文、報導、詩詞均可）；

三、發表作品不足十篇，但累積字數二萬字以上者；

四、以上作品應具文藝或文化性質，不得涉及攻擊誹謗；

五、將以上任何一項和申請表格交給審核小組。

第四章　會員之權利及義務

第廿一條

本會會員（含顧問）享有以下之權利：

一、入會滿三個月後有選舉權；

二、入會滿一年後有被選舉權；

三、建議與革新事項；

四、參加本會舉辦之各種活動。

第廿二條

本會會員（含顧問）應負下列之義務：

一、服從本會之決議案；

二、繳納會費（顧問免交）。每年繳交會費之最後期限為
6日30日，逾期未交會費之會員，將不再發任何通知；

三、為本會會刊《北美洛城作家》撰寫稿件，如有需
要，並得被徵召擔任編輯及校對工作。

四、共同參與會務，遵守本會章程及規定。

第廿三條

會員如違反本會章程及規定，情節重大且妨礙本會名譽者，經理監事會通過，得取消其會籍。理、監事會討論時，應請當事人提出答辯，當事人如不到場則視同放棄。

第五章　會議

第廿四條

一、會員大會每年召開一次，討論會務，並於隔年選舉新任工作人員；

二、理、監事會議每三個月舉行一次；

三、遇有臨時重大或緊急事故，得隨時召開會議；

四、每年預計舉辦春、夏、秋、冬四次主要活動或小型之文學活動。

附件一　北美洛杉磯華文作家協會選舉辦法

一、理事：

1、採無記名票選。

2、每人最多可選十九人（如超過十九人視同廢票）。

3、統計選票，以得票最多之前十九人當選為理事（至少須有二人為新任》，得票二十至二十二名者當選為候補理事（如有二人或二人以上得票數同為第二十二名，則均加選為候補理事，並以抽籤決定其順位）。

4、不能出席會員大會之會員，得於事前以委託書委託能出席之會員全權代理投票（委託書格式不拘，惟必須有中文簽名及日期）。

二、會長、副會長：

1、理事產生後，立即召集理事會議（由原任會長主持），互選會長。

2、會長選出後，由會長提名第一及第二副會長，經理事會通過後出任。

本會章程如有未盡事宜，得隨時修訂之。

二零零九年六月二十八日修訂。

北美洛杉磯華文作家協會名錄

職　稱	姓　名	筆　名	英　文　名	性　別
會　長	張袞平	古　冬	Kwan P. Cheung	男
副會長	何念丹		Chris Ho	男
副會長	劉詠平	艾　玉	Amy Liu	女
秘書長	郎太碧	小　郎	Tai-Bi-Lang	女
副秘書長	朱凱湘		Karen Hsiao	女
財務長	李碧霞	岑　霞	Betty Cheung	女
法律顧問	營志宏律師	文　起	Levi C. Ying	男
理　事	董國仁	長白山人	John Tung	男
理　事	楊　強		John Yang	男
理　事	馬黃思明		Linda Ma	女
理　事	周玉華		Yu-Hua Chou	女
理　事	倉毓超	毓　超	Yook-Chew Tong	男
理　事	張瑞霞	丹　霞	Rose Z. Herbst	女
理　事	張德匡		Edward Chang	男
理　事	酈掃疾	華之鷹	Saoji Li	男
理　事	何　森	新　生	Sam Ho	男
理　事	丁麗華	谷蘭溪夢	Elaine Ding	女
理　事	張炯烈		Ken Cheung	男
會　員	鄭錦玉	君　玉	Henry Jeng	男
會　員	吳振平	吳懷楚	Mongbie Ngo	男

職　稱	姓　名	筆　名	英　文　名	性　別
會　員	陳十美	常　柏	May Chen	女
會　員	張　棠		Una Kuan	女
會　員	李　涵		Han Li	男
會　員	劉耀中		Edward J. Low	男
會　員	黃敦柔		Duen-Rou Chen	女
會　員	劉鍾毅		Zhong- Yi Liu	男
會　員	王勝璋	王育梅	Dolly Wang	女
會　員	慕容皖寧	夢　若	Wanlin McDowell	女
會　員	王世清		Anna Wang	女
會　員	張儒和	如　禾	Ju-Ho Chang	男
會　員	居維豫	曉　玉	Vivi Chu	女
會　員	陳新洋		Charles Chen	男
會　員	盧遂顯		Tom Lo	男
會　員	周唐泰		Thom Tay Chou	男
會　員	潘天良	方　云	Alan T. Poon	男
會　員	尹浩鏐		Raymond W. Yin	男
會　員	張繼仙		Ji Xian Zhang	女
會　員	周勻之	周友漁	Edmund Chou	男
會　員	包承吉		Chen- Ji Bao	男
會　員	陳重珂		Rosa Hsu	女
會　員	柯約瑟		Joesph Y. Ko	男
會　員	譚少芬	譚知敏	Shao- Fen Tan	女
會　員	張　穎	湘　娃	Ying Zhang	女
會　員	文　靖		Frank Wen	男
會　員	莊維敏		Wei-Ming Chu	女
會　員	陳文輝		Henry .H. Tran	男

職　稱	姓　名	筆　名	英　文　名	性　別
會　員	陳　森	思　楊	Michelle S.Chen	女
會　員	于杰夫	杰　夫	Yu Jie Fu	男
會　員	周殿芳	文　馨	Zhou Dian Fang	女
會　員	黃梨雲		Lois Huang	女
會　員	李運美	李　靜	Linda Li	女
會　員	凌莉玫	凌　詠	Li-Mei Ling Baranoff	女
會　員	李少蘭	叢中笑	Shirley Li	女
會　員	王曉蘭		Ruth Yen	女
會　員	周宜吉	六叔公	Kenneth Chou	男
會　員	張瓊鷥		Grace Chou	女
會　員	王　智	點　化	Zhi Wang	男
會　員	葉宗貞		Jane Lu	女
監　事	游蓬丹	蓬　丹	Doris Yu	女
監　事	周平之	周　愚	Joe P. Chou	男
監　事	張麗雯	文　驪	Li-Wen Chang	女
監　事	張明玉		May Chang	女
顧　問	游芳憫		Fang Ming Yu	男
顧　問	王逢吉		Fong -Chi Wang	男
顧　問	鄭惠芝		Hwei-Chih Cheng	女
顧　問	趙岳山	紀　剛	Chi Kang	男
顧　問	黎錦揚		Chin Y. Li	男
顧　問		星雲大師		男

語言文學類　ZG0079

洛城作家文集

作　　　者/北美洛杉磯華文作家協會
總　編　輯/古冬、艾玉
編　　　輯/岑霞、小郎、蓬丹
責 任 編 輯/林泰宏
校　　　對/岑霞、小郎、艾玉、古冬
圖 文 排 版/蔡瑋中
封 面 設 計/王嵩賀

出　版　者/北美洛杉磯華文作家協會
法 律 顧 問/毛國樑　律師
製 作 發 行/秀威資訊科技股份有限公司
　　　　　　114台北市內湖區瑞光路76巷65號1樓
　　　　　　電話：+886-2-2796-3638　傳真：+886-2-2796-1377
　　　　　　http://www.showwe.com.tw
劃 撥 帳 號/19563868　戶名：秀威資訊科技股份有限公司
　　　　　　讀者服務信箱：service@showwe.com.tw
展 售 門 市/國家書店（松江門市）
　　　　　　104台北市中山區松江路209號1樓
　　　　　　電話：+886-2-2518-0207　傳真：+886-2-2518-0778
網 路 訂 購/秀威網路書店：http://www.bodbooks.tw
　　　　　　國家網路書店：http://www.govbooks.com.tw
圖 書 經 銷/紅螞蟻圖書有限公司
　　　　　　114台北市內湖區舊宗路二段121巷28、32號4樓
　　　　　　電話：+886-2-2795-3656　傳真：+886-2-2795-4100

2010年12月BOD一版
定價：300元

國家圖書館出版品預行編目

洛城作家文集 / 北美洛杉磯華文作家協會作.
　-- 一版. -- 臺北市：北美洛杉磯華文作家協
會, 2010. 12
　　面；　公分. -- （語言文學類；ZG0079）
BOD版
ISBN 978-986-86814-0-8（平裝）

874.3　　　　　　　　　　　　99023126

讀 者 回 函 卡

感謝您購買本書,為提升服務品質,請填妥以下資料,將讀者回函卡直接寄回或傳真本公司,收到您的寶貴意見後,我們會收藏記錄及檢討,謝謝!
如您需要了解本公司最新出版書目、購書優惠或企劃活動,歡迎您上網查詢或下載相關資料:http:// www.showwe.com.tw

您購買的書名:_____

出生日期:_____年_____月_____日

學歷:□高中 (含) 以下　　□大專　　□研究所 (含) 以上

職業:□製造業　□金融業　□資訊業　□軍警　□傳播業　□自由業
　　　□服務業　□公務員　□教職　　□學生　□家管　　□其它_____

購書地點:□網路書店　□實體書店　□書展　□郵購　□贈閱　□其他

您從何得知本書的消息?

　□網路書店　□實體書店　□網路搜尋　□電子報　□書訊　□雜誌

　□傳播媒體　□親友推薦　□網站推薦　□部落格　□其他_____

您對本書的評價:(請填代號　1.非常滿意　2.滿意　3.尚可　4.再改進)

　封面設計____　版面編排____　內容____　文/譯筆____　價格____

讀完書後您覺得:

　□很有收穫　□有收穫　□收穫不多　□沒收穫

對我們的建議:_____

_____

_____

_____

11466
台北市內湖區瑞光路 76 巷 65 號 1 樓

秀威資訊科技股份有限公司　　　收

BOD 數位出版事業部

....

（請沿線對折寄回，謝謝！）

姓　　名：＿＿＿＿＿＿＿＿＿　年齡：＿＿＿＿　性別：□女　□男

郵遞區號：□□□□□

地　　址：＿＿＿＿＿＿＿＿＿＿＿＿＿＿＿＿＿＿

聯絡電話：(日) ＿＿＿＿＿＿＿＿＿　(夜) ＿＿＿＿＿＿＿＿＿

E-mail：＿＿＿＿＿＿＿＿＿＿＿＿＿＿＿＿＿＿